ER BUDD BABIS BALLYBUNION

Er Budd Babis Ballybunion

HARRI PARRI

ⓗ Harri Parri 2007 ©
Gwasg y Bwthyn

Argraffiad cyntaf Hydref 2007

ISBN 978-1-904845-57-7

Cedwir pob hawl. Ni chaniateir atgynhyrchu unrhyw ran o'r cyhoeddiad hwn na'i gadw mewn cyfundrefn adferadwy na'i drosglwyddo mewn unrhyw ddull na thrwy unrhyw gyfrwng electronig, electrostatig, tâp magnetic, mecanyddol, ffotogopïo, recordio, nac fel arall, heb ganiatâd ymlaen llaw gan y cyhoeddwyr.

Dymuna'r cyhoeddwyr gydnabod cymorth
Adrannau Cyngor Llyfrau Cymru.

Cynlluniwyd y clawr gan Ian Griffith

Cyhoeddwyd ac argraffwyd yng Nghymru
gan Wasg y Bwthyn, Caernarfon

CYNNWYS

1.	ER BUDD BABIS BALLYBUNION	9
2.	Y SWIGAN LYSH	32
3.	Y FESTRI BLASTIG	55
4.	BALWNIO	78
5.	Y 'NITI-GRITI'	101
6.	DEWIS BLAENORIAID	122

I GYDYMDEIMLO Â BRENDA A'R GENOD –
ESYLLT, GWAWR A SWYN –
AC I GOFIO GARETH MAELOR A'R
WÊN HONNO NA PHYLA AMSER

CYDNABOD

- Cyngor Llyfrau Cymru am gefnogi'r awydd i ysgrifennu cyfrol arall, eto fyth, yn y gyfres *Straeon Porth yr Aur*.
- I Eisteddfod Genedlaethol Cymru, a Phwyllgor Llên Eisteddfod Sir Fflint a'r Cyffiniau y tro hwn, am wahoddiad i ysgrifennu chwe 'Stori Awr Ginio' ar gyfer y Babell Lên.
- I John Ogwen am droi stori'n ddrama (y storïwr, ar dro, yn well na'r stori) ac i fynychwyr y Babell Lên, eleni a thros y blynyddoedd, am beri imi deimlo na fu bore godi a mynd yn hwyr i gysgu'n gwbl ofer.
- I Llinos Lloyd Jones a'r Dr W. Gwyn Lewis am lanhau a gloywi'r gwreiddiol, i Arwel Jones am ddarllen y gwaith ar fy rhan ac i Ian Griffith am lunio clawr arall a chasgliad o luniau.
- Yn olaf, ond nid yn lleiaf, i Wasg y Bwthyn – yn Gyfarwyddwraig, Swyddog Cyhoeddi a staff – am y gofal a'r gefnogaeth arferol.

HARRI PARRI

1. *ER BUDD BABIS BALLYBUNION*

Y cŵyr lloriau a barodd i ddau o Flaenoriaid Capel y Cei, un bore Sul – Meri Morris a John Wyn – gydio ym mreichiau'i gilydd a sglefrio ffigwr wyth perffaith dros lawr festri Capel y Cei, cyn ymwahanu. Aeth Meri allan, ar ei chefn â'i thraed yn gyntaf, drwy ddrws agored y festri ac aeth John Wyn ati i gofleidio cwpwrdd llyfrau ym mhen arall yr ystafell cyn llithro'n araf i'r llawr fel balŵn yn colli'i ffrwt. Yn ffodus, doedd yr un o'r ddau fawr gwaeth.

Llwyddodd Cecil Humphreys, aelod o Urdd Sant Ioan, i sboncio'i ffordd dros y llawr llithrig heb golli'i draed a chynnig cymorth cyntaf i'r Ysgrifennydd, 'Mistyr Wyn, cariad, *wakey wakey!* Saint John *here.*'

Gan dybio iddo gyrraedd byd gwell, agorodd John Wyn un llygad siriol a hanner gwenu; wedi gweld mai Cecil Siswrn, y torrwr gwalltiau merched, oedd yno fe'i caeodd yn chwap. Er eu bod nhw'n gyd-Flaenoriaid, doedd yna fawr o Gymraeg rhwng Cecil ac Ysgrifennydd Capel y Cei. Yn un peth, roedd y ddau wedi'u tiwnio'n wahanol: Cecil yn ddwylo i gyd, a chloch ar bob dant, a John Wyn yn ŵr byr o eiriau ond bod y rheini'n pigo at y gwaed. Yn amlach na pheidio, gwisgai John Wyn siwt dywyll, a choler a thei, a Cecil, wedyn, yn or-drendi, hefo byddin o fodrwyau ac yn drewi o oglau rhyw *Chanel* neu'i gilydd.

Tynnodd Cecil y botel 'codi-rhai-o-farw'n-fyw' o boced ei drowsus, tynnu'i chorcyn a'i sodro'n union o dan drwyn yr

Ysgrifennydd, 'Mistyr Wyn, siwgr, *breathe in . . . and don't breathe out.*'

Am iddo anufuddhau, daeth John Wyn ato'i hun yn gynt na'r disgwyl. Gyda help Cecil cododd ar ei draed a holi, fymryn yn ddryslyd, 'ai y *cha-cha-cha* oedd y ddawns nesa?'

Ym mhen eiliad neu ddau, ymddangosodd Meri Morris yn nrws y festri a golwg dafad wedi bod drwy ddrain arni. Rhoddodd dro i'w sgert, a oedd tu ôl ymlaen erbyn hyn, a holi'n fileinig oedd gan un ohonyn nhw ddarn o gortyn iddi 'gael crogi y Shamus Mulligan 'na'. Ond nid ar Shamus ei hun roedd y gwir fai.

Ar fore Sul digon tebyg, fis ynghynt, a'r Blaenoriaid y bore hwnnw yn hel at ei gilydd cyn dechrau'r oedfa, roedd Meri'n rhefru am gyflwr llawr y festri. Jac Black oedd dan yr ordd y bore hwnnw. Jac oedd gofalwr rhan-amser Capel y Cei ond ei fod yn un hynod ddi-ddal ac anwadal. Fe'i penodwyd i'r swydd ar sail ei brofiad yn sgwrio deciau pan oedd ar y môr. Damcaniaeth amryw oedd mai'r môr, ac nid Jac, a olchai'r deciau bryd hynny. O leiaf, doedd llawr pren festri Capel y Cei ddim wedi'i sgubo er y dydd y penodwyd Jac i'w swydd, heb sôn am gael sgwrfa.

'Wel drychwch mewn difri,' meddai Meri'n pwyntio at y llawr llychlyd, 'dydi o ddim ffit i neb i' gerddad o. 'Fyddai'n lecio gweld llawr y medar rywun weld 'i lun ynddo fo.'

'A finnau,' arthiodd John Wyn, yn gingronllyd, 'ond bod isio inni i gyd ddechrau gartra, ynte Meri Morris?'

Y gwir oedd fod Meri am weld lloriau glân ymhobman ond ar ei haelwyd ei hun. Yn ffarm Llawr Dyrnu roedd y buarth, gan amlaf, yn un â'r gegin. Digwydd galw yno gyda rhybudd am bwyllgor ddaru John Wyn a chario gwadn o slyri ffres adref hefo fo a'i brintio, wedyn, yn ôl troed perffaith ar y mat cnu oen, claerwyn, oedd o flaen y grât. 'Na, ma' isio pig glân cyn dechrau clochdar,' ychwanegodd ac edrych i gyfeiriad ei sgidiau rhag ofn fod peth o dail Llawr Dyrnu yn dal i lynu wrth y gwadnau.

''Dw i am gytuno hefo Meri Morris,' eiliodd Dwynwen, yr ieuengaf o'r saith Blaenor, yn siarad yn ddoeth fel arfer, 'Fasa hi'n ddrwg yn y byd inni olchi llawr y festri 'ma, ac yna'i ailbolisio fo wedyn, ac ma'na gwmnïau, rŵan, sy'n gneud gwaith felly – am dâl.'

'Fedrwch chi, y merchaid, ddim golchi'r llawr a'i bolisio fo?' holodd William Howarth, yr Ymgymerwr, yn arferol ddarbodus. 'Mynd yn gostus ma'r cwmnïau preifat 'ma.'

Chwythodd Meri ffiws nes roedd hi'n sitrws, 'Ewch chi ar ych gliniau, William Howarth, hefo cŷn a mwrthwl, i godi'r tjiwin gŷm ma' plant yr ysgol Sul wedi'i sodlu i lawr y festri? Achos 'da'i ddim.'

I geisio cael y cwch yn ôl i dir, cynigiodd y Gweinidog holi hwn ac arall am gwmnïau lleol a fedrai ymgymeryd â'r gwaith a chael amcangyfrifon o'r gost. Os y byddai'r bil yn rhesymol pwyswyd arno i fynd ymlaen â'r gontract heb yr ham-byg o alw pwyllgor arall.

Roedd y math yma o siarad 'bydol' yn union cyn yr addoliad yn dân byw ar groen Owen Gillespie, y duwiolaf o'r Blaenoriaid. Gŵr gweddol dal, tenau fel beic, oedd Gillespie, gyda thalar denau o wallt tywyll, seimlyd rownd y godre. Byth er ei dröedigaeth loyw o dan weinidogaeth Byddin yr Iachawdwriaeth, pan oedd yn saer ifanc yn bwrw'i brentisiaeth yn Bootle, porthi'r enaid oedd yn bwysig yn ei olwg. 'Gyfeillion annwyl,' apeliodd Gillespie, gan ddyrchafu'i lygaid, 'fydda dim gwell inni i gyd godi'n golygon?'

'Cytuno,' eiliodd Meri Morris, wedi camddarllen y signal ac yn craffu ar y nenfwd. 'Tra byddwn ni wrth y gwaith o lanhau'r lloriau fasa gwyngalchu dipyn ar do'r festri yn gneud dim drwg.'

Wedi apêl o du Owen Gillespie i newid cywair, daliodd Eilir ar y cyfle i arwain mewn gweddi. Gofynnodd am i'r Hollalluog, yn ystod yr oedfa a oedd i ddilyn, eu codi o fyd y pethau mân i sŵn y pethau mwy. Dyna'r foment y penderfynodd Ifan Jones, yr hen ffarmwr, danio'i gymorth clyw a'i diwnio'n barod ar gyfer yr oedfa. Cododd gwich fel hoelen ar sinc a mygu'r weddi yn y fan a'r lle. Wrth i Ifan chwarae hefo'r olwyn distawodd y wich. Ond wrth iddo ffidlan ymhellach tiwniodd i mewn i sesiwn bingo a oedd wedi'i chynnal yn y 'cwt chwain' y noson flaenorol: *'Yap-yap! Turn off the tap. I am ready if you are steady, and shall we go? All the six, clickety-click. Two little ducks, twenty two. Unlucky for some, thirteen. One fat lady, number eight. Two and one, key to the door. Six and five . . .'*

Wedi rhagor o ffidlan, llwyddodd yr hen ffarmwr i dracio'r llwybr cywir a mygu'r sylwebaeth. Y peth nesaf a glywodd y Gweinidog, a'r drws i'r capel wedi'i agor, oedd Cecil yn holi'n finiog, '*Farmer Jones*, cariad, *how could you?*' Dyna oedd penbleth y Gweinidog, yn ogystal. Ifan Jones oedd yr unig un gyda chymorth clyw a allai, nid yn unig godi gorsafoedd radio o wledydd tramor, ac adfer lleisiau o'r gorffennol, ond gyrru'r cyfan, wedyn, drwy systemau chwyddo lleisiau pob adeilad o fewn tri chwarter milltir – yn cynnwys Capel y Cei.

* * *

Er holi hwn ac arall, 'a holi John dwy geiniog', chwilio'r we, cerdded y strydoedd ac e-bostio sawl ffyrm o lanhawyr diwydiannol, taro'i ben yn erbyn y pared fu hanes y Gweinidog. Naill ai roedd y gwaith o gaboli llawr festri yn rhy ddisylw iddynt roi pris arno neu roedd yr amcangyfrif am wneud y gwaith ymhell tu hwnt i gyrraedd eglwys dlawd.

Gan ei bod hi'n fore Sadwrn o Fehefin braf – a bod Brandi, yr ast ddefaid, yn fyw i hynny – penderfynodd Eilir fynd allan i gerdded â'r ci i'w ganlyn. Wrth ddisgyn i lawr y Grisiau Mawr sylwodd fod y cynhaeaf fisitors, erbyn hyn, yn ei breim. Roedd strydoedd culion Porth yr Aur yn dew o ymwelwyr – teuluoedd yn bennaf – a byrddau bach, simsan yr olwg, y tu allan i'r Tebot Pinc a'r Afr Aur. Yr Harbwr, wedyn, hefo fflyd o gychod hwyliau yn bobian yn benfeddw yn y mymryn llanw a'r stemar, Mary Anne, yn barod i fynd â llwyth arall o longwyr tir sych i rowndio Ynys Pennog.

Ar ochr y Morfa Mawr roedd yna reng hir o geir a'r haul tanbaid yn rhoi eu ffenestri ar dân. Cofiodd fod yna arwerthiant cist car ar y Morfa bob bore Sadwrn yn ystod misoedd yr haf a phenderfynodd fynd draw i gael cip ar bethau. O fynd yn ei flaen, wedyn, gydag ysgwydd y mynydd gallai rowndio'n ôl i ben arall y dref a cherdded adref ar hyd ffordd gefn.

Y bore hwnnw roedd yno fwy nag arfer o geir â'u cistiau'n geg-agored i arddangos bargeinion. Codai hyrdi-gyrdi o gerddoriaeth o'r setiau radio ail-law a oedd ar werth. Roedd rhai wedi gosod eu nwyddau ar fyrddau trestl ac eraill wedi dod â chadeiriau plygu i'w canlyn ac am wneud picnic ohoni.

Dros y cyfan clywodd Eilir lais a chystrawen a oedd yn fwy na chyfarwydd iddo, 'Chwilio am *old sermons* 'ti, Bos?'

Trodd ei ben i weld Shamus Mulligan yn llewys ei grys, het felfaréd, a honno'n dar byw, yn ôl ar ei gorun a'i wyneb lliw haul yn wên i gyd, 'Sudach chi, Shamus?'

'Shamus yn iawn, cofia. Ond bod Musus fo'n giami.'

'Musus Mulligan?' a chafodd y Gweinidog beth braw. 'Be sy?'

'*Varicose veins* fo, Bos bach. Fath â grêps, ia? Ond ma' fo am gal mynd i hospitol i' stripio nhw. Musus chdi'n iawn?'

'M . . . ydi. Ydi, mae hi'n dda iawn, diolch.'

O edrych o'i gwmpas sylwodd y Gweinidog mai ceir o wahanol fathau oedd gan bawb arall – rheol y Cyngor Tref, yn ôl pob sôn – ond roedd gan Mulligan fan seis lori a'r geiriau *'Shamus O'Flaherty Mulligan a'i Feibion'* mewn du trwm ar ei hochrau.

''Dw i ddim wedi'ch gweld chi yn fa'ma o'r blaen, Shamus?'

'Trio helpu, ia?'

'Helpu?'

''Ti'n cofio Yncl Jo McLaverty fi?'

'O Ballinaboy? Ydw,' ac ymatal rhag ychwanegu mai

anghofio oedd yn anodd. Hwnnw oedd y boi a lwyddodd i droi priodas yn syrcas a bedydd yn burdan. 'Mae o'n dal yn fyw?'

'Ydi, cofia.'

'O!'

'Ond bod fo *out o' cash*.'

'Y mawn hwnnw ddim yn gwerthu,' meddai'r Gweinidog, yn cofio i Shamus awgrymu, rywdro, fod y farchnad mawn ar gyfer gerddi yn prysur orlenwi.

'Na, ma' Connemara Peat fo'n gwerthu fath â *hot buns*. Gwaeth na hynny, Bos bach.'

'O?'

'Ma' hogan o Ballybunion yn deud ma' fo ydi tad 'i babis bach hi.'

'Bobol!'

'Ac ma' Yncl Jo'n gorfod talu *parental*.'

'Ond roedd o'n cnocio pedwar ugain pan ddois i ar 'i draws o gynta.'

''Ti'n iawn, Bos. Ond ma' Shamus am helpu o *all the same*.'

Hwyrach mai genynnau Jo McLaverty, wedi llithro i lawr dros dair, os nad pedair cenhedlaeth, a oedd yn gyfrifol am epilgarwch rhyfeddol y Mulliganiaid. Ond roedd y dyddiau pan gyrhaeddodd taid Shamus i Borth yr Aur o gorsydd gwlybion Connemara, i hwrjio pegiau a thrwsio ambaréls, yn edrych ymhell iawn i ffwrdd. Cysgu'r nos o dan shiten denau o darpolin oedd yr arfer bryd hynny. Bellach, roedd ganddyn nhw bentref o garafanau lliwgar a thai unnos ar ben y Morfa Mawr a'r ffyrm yn tarmacio ar hyd a lled y Gogledd. Meibion Shamus a wnâi'r gwaith erbyn hyn ond eu mam, Kathleen Mulligan, a wisgai'r trowsus serch hynny.

Ond un peth nas newidiodd oedd y math o Gymraeg a siaradai'r llwyth. Serch treigl y blynyddoeddd, ni chollodd yr acen Wyddelig dew ddim o'i sglein. Roedd cenedl enwau yn dal yn gymaint o ddirgelwch ag erioed a chamdreiglo yn rheol i'w dysgu i'r plant ac i blant y plant.

Penderfynodd y Gweinidog nad oedd am wastraffu rhagor o'i fore yn gwrando ar Shamus yn sôn am gampau rhywiol y cyfanwerthwr mawn o Connemara a hwyliodd i ymadael, ''Dw i am ei throi hi rŵan, Shamus.'

'Dal dy dŵr, Bos bach. Gin Shamus rwbath i capal chdi.'

'Sut?'

Crafangiodd Mulligan i mewn i drwmbal y fan, dros boteli lawer o *McLaverty's Home Brew* a *Ballinaboy Pure Spring Water,* a dychwelyd yn fuddugoliaethus gyda thun crwn o gŵyr lloriau a'i fetel yn sgleinio yn haul y bore. ''Ti 'di dŵad yn y *puddin' time*, Bos.'

'O?'

'Shamus clywad bo' chdi'n mynd i rhoi polish ar llawr y *rest room* yn capal chdi.'

'Wel, ma'na ryw sôn wedi bod am lanhau llawr y festri, oes,' a cheisio swnio'n ddidaro.

Gwthiodd Shamus y tun i hafflau'r Gweinidog ac ychwanegu, 'Ma' fo'n *real McCoy*, cofia. Gnei di dim dyfaru prynu fo.'

Darllenodd Eilir yr enw ar y caead, '*The McLaverty Skidshine Floor Sealer*', a'r broliant oddi tano, '*Hygenic. Kills all unknown germs, dead*. 'Be, ydi Yncl Jo wedi mynd i werthu polish?'

'Jyst seidlein, ia. I' ca'l o allan o trwbwl. Fasa dynas llefrith chdi,' a chyfeirio at Meri Morris, 'a dyn blin,' a chyfeirio at John Wyn, 'yn *hundred per cent satisfied* hefo hwn.'

'Ella bod y stwff yn un da ond ma' angan stripio'r llawr i ddechrau, cyn meddwl am ddim arall.'

'Gneith 'ogiau Shamus, Liam a Dermot, gneud y job 'na i chdi, *dirt cheap*.'

'Be? Y gwaith i gyd?'

'Gna nhw'i hwfro fo, ia? A sandio fo, a rhoi dwy côt o *McLaverty's* a bydd o'n sgleinio fath â tin babi iti.'

'Ia, ond faint fydd y gost?'

Daeth y tincer i benderfyniad annisgwyl o sydyn, 'Yli yma,

Bos. Wrth bo' chdi 'di crisno babi bach Coleen ni ar *never-never* gneith hogia' Shamus gneud y job iti am canpunt . . . ond i ti peidio sôn wrth boi *vat*.'

'Ond be' am bris y polish?' yn amau y byddai hwnnw fel aur os oedd Yncl Jo yn gorfod 'talu *parental*' yn Ballybunion, chwedl Shamus.

'Gneith Shamus lluchio hwnnw i mewn iti yn pris y job.'
'Wela i.'

O dybio bod y Gweinidog yn cloffi rhwng dau feddwl meddyliodd y tincer am anogaeth ychwanegol, 'Gwranda, Bos. Fath â discownt, gneith Shamus roi *tenner each way* yn enw chdi ar *Dance Kid* yn Haydock. Ceffyl da, ia?'

'Na, na. Mi dderbynia i'r cynnig fel ag y mae o. Ond pa mor fuan y medrwch chi ddechrau ar y gwaith?'

'Sgin ti *mass* bora fory?'
'Oes . . . y . . . nacoes. Ond ma' acw ddwy oedfa.'
'Gneith 'ogiau Shamus dechrau dy' Llun, ia?'

Wedi i Mulligan boeri ar ei law ei hun ac ysgwyd llaw'r Gweinidog wedyn i glensio'r ddêl, cychwynnodd Eilir ymaith a Brandi wrth ei sawdl – wedi hen laru o fod ar ei chwrcwd cyhyd ac yn falch o gael ailgychwyn.

Clywodd Shamus yn gweiddi ar ei ôl, 'Gwranda, Bos.'
'Ia, Shamus?'
''Ti dim isio prynu trap llygod Yncl Jo?'
'Y?'
'Ma' fo'n *double spring*, cofia. Gneith o dal dau llgodan i ti hefo un slap.'
'Dim diolch.'

* * *

Pan gyrhaeddodd Eilir yn ôl i'r tŷ, yn llawn o'r fargen roedd newydd ei tharo, fe'i galwyd i gyfri yn y fan a'r lle, 'Wyt ti ddim yn deud wrtha i, Eilir, dy fod ti wedi rhoi'r gwaith o bolisio llawr y festri i Shamus Mulligan? O bawb!'

'Do. Ond yr hogiau, Dermot a Liam, fydd yn gneud y job. Nid Shamus.'

'A chdithau wedi llosgi dy fysadd gymaint o weithiau o'r blaen?' Yn hynny o beth, roedd ei wraig yn dweud calon y gwir. 'Ma' isio chwilio dy ben di, Eilir Thomas, oes tawn i'n llwgu.'

'Ond, Ceinwen, fedrwn i ga'l neb arall i neud y gwaith. 'Ti'n gwbod hynny.'

'I adal o heb 'i neud baswn i, cyn baswn i'n gofyn i'r Mulliganiaid 'na'. Ac aeth Ceinwen ati i godi hen grachod. 'Faint sy er pan darmaciwyd rownd y capal? Oes yna bum mlynadd?'

'Nes i wyth, 'swn i'n deud.'

'A dydi'r tarmac hwnnw ddim wedi sychu eto! Ma'na un esgid i Meri Morris Llawr Dyrnu yn dal ar goll.'

'Dydi hynny ddim yn wir, Ceinwen.'

'Ond doedd Meri yno'n palu Sul dwytha, hefo rhaw glan môr, yn chwilio am 'i hesgid.'

'Na, na. Deud ydw i nag ydi ddim yn wir i ddeud bod y tarmac heb sychu.'

'O?'

'I fod yn deg, ma'r peth sy'n ffrynt y capal yn reit galad, erbyn hyn. Y tarmac yn y cefn sy'n dal fymryn bach yn feddal.'

'Fymryn bach yn feddal? Ar ôl wyth mlynadd?'

'Ond ma' hwnnw'n gletach nag y buo fo.'

Dros y blynyddoeddd, bu naïfrwydd ei gŵr yn achos loes i Ceinwen lawer tro. Fe ddeudai Eilir 'air o blaid pechaduriaid mwya'r lle', a gadael iddyn nhw gerdded drosto fore trannoeth. Hi, wedyn, fyddai'n cael y gwaith o achub ei gam ac fe wnâi hynny gyda greddf llewes yn amddiffyn ei rhai bach.

Mentrodd Ceinwen ar dac arall i geisio'i argyhoeddi. 'Eilir, 'nei di ista i lawr am eiliad?'

'Reit.'

'Dyna hogyn da.'

Daeth Brandi o'r cefn – yn synhwyro bod ei meistr yn cael

ei roi mewn congl – pwysodd ei phen ar ei glun a syllu i'w wyneb a'i dau lygad meddal yn llawn addoliad.

'Tria ymlacio rŵan, a galw i go'.'

'Ia?'

'Wyt ti, Eilir, yn cofio inni ddwy flynadd yn ôl, neu hwyrach bod yna dair, fynd ati i roi staen ar seti'r capal erbyn Sul y Maer?'

''Gin i frith go' am y peth,' er bod y digwyddiad anffodus hwnnw'n dal i roi hunllefau iddo, yn wythnosol bron.

'Wyt ti'n cofio o ble daeth y farnis?'

'Ond cŵyr lloriau ydi hwn, Cein.'

'Wn i.' A dechreuodd Ceinwen, fel bargyfreithwraig ddihyfforddiant, ateb ei chwestiynau'i hun. 'Mi ddeuda i wrthat ti. O'r Ballinaboy hwnnw, yn Connemara. A 'ti'n cofio pwy gwerthodd o?'

'Wel . . . y . . .'

'Mi ddeuda i wrthat ti, unwaith eto. Y McLavatory meddw 'na.'

'McLaverty.'

'Sut?'

'McLaverty ydi enw'r dyn . . . Nid McLavatory.'

'Ia, hwnnw. Gofi di be ddigwyddodd, y bora Sul canlynol?'

'Y . . . ddim yn union.'

'Gad i mi dy atgoffa di 'ta. Erbyn diwadd yr oedfa, hannar y gynulleidfa fedrodd godi i ganu. Roedd y gweddill wedi glynu wrth y seti. Ac mi fu raid i Ifan Jones, yr hen dlawd, gyhoeddi ar 'i ista.' Dechreuodd Ceinwen fagu stêm, 'Ac yli, ma' gin i ffrog yn y wardrob 'na, ddim pin gwaeth na newydd, ond na fedra i mo'i gwisgo hi. A wyddost ti pam? Wrth nad oes 'na ddim pen-ôl iddi. Ma' hwnnw'n dal yn y capal!'

Gwyddai Eilir ei fod yn rhwyfo yn erbyn y llanw ond penderfynodd ddal i rwyfo serch hynny, 'Gwranda Cein,' a chodi ar ei draed, 'hefo'r math yma o waith y math o stwff sy'n cael ei ddefnyddio sy'n bwysig.'

'O?'

'Nid pwy sy'n gneud y gwaith. Ma' farnisio seti capal yn fatar gwahanol.'

'Ydi o?'

'Ac ma'r *McLaverty Skidshine* yn fath o beth y medri di ddawnsio arno fo, unwaith y bydd o ar y llawr. Mae o'n deud cymaint â hynny ar y tun. Ac mae o'n lladd jyrms.'

'Bobol!'

'Wel, o leia y rheini y gwyddon ni amdanyn nhw.'

Cychwynnodd Ceinwen i gyfeiriad y gegin yn gwybod iddi fod yn canu crwth i fyddar, fel ganwaith o'r blaen. Unwaith roedd ei gŵr wedi rhoi'i air, doedd yna ddim torri ar hwnnw wedyn. Fe lynai at ei bethau i'r stanc serch pob twll yn ei ddadleuon. 'O wel, mi rydw i am fynd i neud tamad o ginio.'

Ymhen ychydig roedd hi'n ôl. Gwthiodd ei phen rownd ffrâm drws y gegin a holi'n fwyn, 'Deud i mi, Eilir?'

'Ia?' yn ddigon cwta, yn gwybod yn ei galon mai ei wraig oedd yn iawn.

'Ddoist ti â thuniad o'r *McLaverty Skidshine* adra hefo chdi?'

'M . . . naddo.'

'Biti.'

'Pam?'

'Wrth 'i fod o'n stwff mor ardderchog, meddwl baswn i'n 'i roi o ar dy frechdan di.' Torrodd y ddau allan i chwerthin. 'Tyd, Eil, ma'na banad boeth yn y tebot.'

* * *

'A sut mae Musus Thomas gynnoch chi, gan fy mod i mor hy â gofyn?'

'Mae hi'n dda iawn, diolch.'

'Wel cofiwch fi ati'n gynnas ryfeddol. Yn gynnas ryfeddol.' (I John James, ffyrm *James James, James John James a'i Fab, Cyfreithwyr,* roedd popeth yn 'rhyfeddol' – ac yn arbennig felly'r biliau a anfonai allan!)

Yn sydyn, daeth i feddwl Eilir i Ceinwen ddweud wrtho iddi daro ar John James yn Garej Glanwern yn gynharach ar y bore, 'Ond, ddaru chi'ch dau ddim gweld ych gilydd, bora 'ma, wrth y pympiau petrol?'

'Cofiwch fi ati'r un modd,' oedd unig ateb y Cyfreithiwr. 'Ac os maddeuwch i mi am ddeud, Mistyr Thomas, mae hi'n cadw'i siâp gynnoch chi'n rhyfeddol.'

Gwingodd y Gweinidog o feddwl fod y Cyfreithiwr wedi bod yn mesur a phwyso'i wraig wrth y pympiau petrol, ben bore, a mwmiodd ateb sychlyd, 'Ydi hi?'

'Yn rhyfeddol felly . . . Wel, a chysidro'i hoed.'

Serch ei briodas anghymarus, a chwbl annisgwyl, ddwy flynedd ynghynt â Coleen, merch Kathleen a Shamus Mulligan, a hithau'n draean ei oed, doedd diddordeb John James yng ngwragedd dynion eraill yn pylu dim.

'A sut ma' Coleen?' holodd y Gweinidog yn awyddus i newid trac.

Am foment, daeth dirgelwch i wyneb gwelw John James, yn union fel petai Eilir wedi holi am rywun o'r trydydd byd. Yna, daeth llun gwan i'r sgrîn, 'O! Holi am Musus James rydach chi?' Yn union fel petai honno'n wraig i rywun arall. 'Mae hi'n rhyfeddol o dda. Wel, a chysidro'i chyflwr. Ac yn bwyta, Mistyr Thomas bach, digon i ddau. Yn enwedig bananas.'

'Wel, mewn ffordd ma'na ddau i'w bwydo,' awgrymodd y Gweinidog. 'Pryd ma'r un bach yn diw?'

'Wyddoch chi, Mistyr Thomas, ro'n i'n gofyn yr un cwestiwn yn union i mi fy hun, neithiwr ddwytha', wrth i mi llnau nannadd.' Cydiodd y Cyfreithiwr yn y tamaid lleiaf o bapur a oedd ar y ddesg a dechrau sgwennu, 'Well i mi neud nodyn o'r peth tra rydw i'n cofio. Mi ofynna i Miss Phillips deipio'r ymholiad imi yn nes ymlaen.'

Wedi mymryn mwy o wag siarad – dyna oedd arfer John James, siarad ar hyd ac ar led am ychydig funudau, i oelio'r cwsmer, a dechrau pluo'n fuan wedyn – agorodd ddrôr y ddesg. Tynnodd allan glamp o beth berwi wy a'i sodro ar gongl y ddesg. 'Hwn fydda i'n ddefnyddio rŵan, Mistyr Thomas, i amseru pethau.'

'Peth berwi wyau 'di o?' holodd y Gweinidog mewn anghrediniaeth wrth weld ei seis.

'Ia. Ond un i ferwi wyau gwyddau, yn benodol,' a chafodd y Gweinidog drafferth i guddio'i wên. 'Fel y cofiwch chi, stop watsh fydda gin i ond roedd honno wedi mynd i slofi mymryn. Mae hwn, diolch am hynny, yn cadw amsar yn rhyfeddol.'

Pan oedd Now Cabaits ar ei rownd bysgod y cafodd Eilir y wŷs i alw yn swyddfa'r Cyfreithiwr. Ar gost petrol pobl eraill, neu ar draed, y byddai John James yn cysylltu â'i Weinidog. Roedd hynny'n arbed cost y stamp. Gan fod Ceinwen yn digwydd bod oddi cartref, penderfynodd alw yno'r pnawn hwnnw wrth fynd heibio'r swyddfa ar un o'i rowndiau bugeiliol. Cyn gynted ag y camodd i mewn i'r cyntedd a chanu'r gloch drom gwyddai fod pethau wedi llithro'n ôl i'r hen drefn. Roedd y disinffectant yn ôl i'w hen gryfder a thuswb o flodau o gapel y Bedyddwyr ar y cownter yn darfod gwywo wedi sirioldeb tri Sul.

Ar gongl y cownter roedd yna nodyn i ddweud mai fel 'Miss Phillips' y dylid cyfeirio at Hilda, bellach, ac nid fel 'Musus William Hughes'. Cofiodd Eilir mai llafn o'r un haul a fu ar fodrwyau priodas y ddau bâr – Coleen a John James, a briodwyd yng nghapel y Cei, a Hilda Phillips a William Hughes, a briodwyd ym Methabara (B). Damcaniaeth teulu'r glep ar y pryd oedd, y byddai'n syndod petai priodas y Twrnai a Coleen Mulligan yn para mis ond y byddai uniad Hilda a William Hughes yn debyg o bara oes. Ond cwta dri mis a fu hyd y briodas honno. Aeth Hilda yn ôl i'w hen gartref, 2 Trem y Machlud, a mynd â hanner gwerth Bethabara View, cartref William Hughes, i'w chanlyn – diolch i gyfarwyddyd John James – ond roedd y briodas arall o leiaf yn dal wrth ei gilydd.

Wedi ysgwyd y gloch am yr eildro, clywodd Eilir sŵn traed blinedig Miss Phillips yn llusgo i'r cyfeiriad ar hyd y lloriau pren. Gwyddai, i sicrwydd, oddi wrth yr henc yn y cerdded bod y bynion a naddwyd cyn y briodas wedi ailddechrau tyfu.

'Fedar Mistyr John James, ffyrm *James James, James John James a'i Fab, Cyfreithwyr,* fod o unrhyw wasanaeth i chi?' holodd Hilda, yn y tremolo arferol.

'Wedi anfon nodyn mae o, hefo'r fan bysgod, yn gofyn am ga'l fy ngweld i.'

'Prysur ryfeddol ydi o, Mistyr Thomas. Ond mi a' i i ofyn iddo fo.' Cydiodd Hilda Phillips mewn pad sgwennu a ffownten-pen, a dechrau ysgrifennu'n feichus, 'Annwyl Mistyr James. Y mae'r Parchedig Eilir Thomas, Gweinidog Capel y Cei, wedi galw heibio ac am eich gweled. Os yw hynny'n gyfleus i chwi. Ydwyf, yn gywir, Hilda S. Phillips.' 'Mi a' i a fo iddo fo rŵan, Mistyr Thomas, cyn gynted ag y medar fy nhraed blinedig fy ngharlo i.'

Aeth cryn ddeng munud heibio cyn i'r sgyrsion ddychwelyd, 'Os dowch chi ar fy ôl i, Mistyr Thomas.'

'Diolch i chi.'

'Ond prysur ryfeddol ydi o.'

Cerddodd Hilda ar hyd y coridorau tywyll, yn gam fel stwffwl ac yn arbed un droed. Daeth i feddwl Eilir y byddai John James yn llawer llai prysur petai'n diweddaru ychydig ar ei swyddfa a thalu am bâr arall o draed i drampio'r lloriau.

'Y Parchedig Eilir Thomas i'ch gweld chi, Mistyr John James.'

'Diolch Musus . . . y . . . Miss Phillips.'

'Diolch, Mistyr James.' A chychwynnodd Hilda ar siwrnai hir arall yn ôl i gyfeiriad y cyntedd.

Serch y gadwyn enwau, ffyrm un dyn oedd *James James, James John James a'i Fab, Cyfreithwyr,* ac roedd y John James a eisteddai yn y gadair ledr tu ôl i'r ddesg fahogani yn ŵyr i'r 'James' cyntaf – y gŵr a sefydlodd y busnes. Yn nyddiau ei dad roedd y ffyrm yn un brysur, yn cyflogi amryw o glercod a theipyddion. Bellach, Hilda oedd yr unig waddol a oedd yn weddill o'r cyfnod prysur hwnnw. Roedd hi'n hŷn na John James ac wedi bod yno'n hwy nag o. Prif ffyn bara John James, hyd yn ddiweddar, oedd trosglwyddo tai, llunio gweithredoedd ac ysgrifennu ambell ewyllys. Bellach, wedi i draed bach ddod i gerdded lloriau Cyfarthfa – yr honglad o dŷ mawr, tywyll, ym Mhenrallt – a'r sôn bod yna un bach arall ar wthio'i ben allan, roedd yn rhaid iddo chwilio am ragor o gwsmeriaid i'w blingo.

Wedi rhoi fflic hefo'i fys i'r berwr wyau gwyddau, plygodd y cyfreithiwr ymlaen dros y ddesg, cwpanu'i ddwylo a siarad i fyw llygaid ei gwsmer. 'Mi rydw' i wedi'ch galw chi yma, Mistyr Thomas, parthed deddfau iechyd a diogelwch.'

'Sut?'

Cododd y Twrnai law rybuddiol, 'Cofiwch, mae rhyddid i chi ymateb, ond fe allai'r ymateb hwnnw, yn nes ymlaen, fod yn dystiolaeth yn eich erbyn chi.'

'Am fy ngyrru i garchar ydach chi?' ffromodd y Gweinidog, yn dal her.

Daeth braw i wyneb gwelw John James, 'I'r gwrthwyneb, Mistyr Thomas bach. Ein gwaith ni, gyfreithwyr – fel chithau o ran hynny – ydi gwneud ein gorau i gadw rhai allan o le felly. Rŵan, i gadarnhau'r ffeithiau,' a thaflodd John James gip sydyn ar y nodiadau a oedd o'i flaen. 'Ddaru chi, Mistyr Thomas, ar y pymthegfed o'r mis hwn, ddod i gytundeb â chwmni *Shamus O'Flaherty Mulligan a'i Feibion* i adfer llawr y festri?'

'Do . . . a naddo. Y capal oedd yn trefnu.'

'Ydi capal yn medru ysgwyd llaw?' holodd y Cyfreithiwr yn goeglyd. 'Yn anffodus, Mistyr Thomas, mae'r llawr wedi'i bolisio yn y fath fodd fel ei fod, nid yn unig yn berygl i'r cyhoedd ond yn groes i ddeddf gwlad.'

'Ond does neb wedi syrthio,' mentrodd y Gweinidog. 'Dim ond John Wyn wedi sglefrio mymryn . . .'

Torrodd y Twrnai ar ei draws, 'A Musus Meri Morris! Dowch inni beidio â'i hanghofio hi. Gyda llaw,' a dechreuodd John James dyrchu i mewn i fasged ar ei ddesg ac ynddi bentwr o bapurau, 'mae Musus Morris wedi cyflwyno bil inni.'

'Bil? Bil am be'?'

'Dyma ni,' a thynnodd y Twrnai dudalen o bapur tenau o ganol y bwndel, yn frith o ôl bysedd a mymryn o jam ar ganol sychu ar un gongl iddo. 'Bil ydi o am un sgert.'

'Sgert?'

'Roedd pen-ôl yr un wreiddiol, yn anffodus, wedi gwisgo allan hefo'r godwm.'

'Wela i.'

'Ond, oherwydd ei mawr gariad at yr Achos, a'i pharch i chithau, mae Musus Meri Morris, yn garedig ryfeddol, wedi osgoi mynd i'r *Lingerie Womenswear* a phrynu dilledyn o ansawdd ac wedi ca'l un yn ail-law yn *Oxfam*. Mi neith iddi, medda hi, i addoli ac i odro,' a lluchiodd John James y bil i gyfeiriad ei Weinidog. 'Un bach ydi o, Mistyr Thomas, fel y gwelwch chi. Mi fydd un bregath, oddi cartra, yn ddigon i chi fedru'i gyfarfod o.'

Wedi'i yrru i gongl, ceisiodd y Gweinidog chwilio am ddrws ymwared. 'Ond y math o bolish oedd y drwg, y *McLaverty Skidshine* felltith.'

'Mistyr Thomas,' a chododd y Cyfreithiwr law rybuddiol unwaith yn rhagor, 'dowch inni geisio cadw gwefus bur.'

'Ond hwnnw nath y damej.'

'Mae'r polish hwnnw, Mistyr Thomas, eisoes wedi ei anfon am brofion fforensig. Ond bod y canlyniadau heb ddod i law, hyd yn hyn. A pheth arall, achos yn erbyn Mistyr Joseph McLavatory fydd hwnnw, pan ddaw o.'

Dechreuodd y Gweinidog ymddatod. Cododd ei lais. 'Mi a' i â'r Mulligan 'na i lys barn, os bydd raid i mi. Y fo ddyla dalu.'

Taflodd y Twrnai gip i gyfeiriad bwndel o filiau ar gongl y ddesg, wedi'u styffylu i'w gilydd ac araf felynu wedi haul sawl haf. 'Er bod Mr Shamus Mulligan, yn anffodus, yn dad-yng-nghyfraith i mi,' a gollyngodd John James ochenaid dawel, 'mae gin i ofn mai taro'ch pen yn erbyn wal frics y byddwch o ddilyn y llwybr yna.' Yna newidiodd ei feddwl, a daeth y mymryn lleiaf o sbonc i'r llais fflat, 'Cofiwch, os byddwch chi am fynd i'r cyfeiriad yna, mae yna gyfreithiwr ifanc newydd ddechrau yn hen ffyrm Derlwyn Hughes – Washington Davies, wrth ei enw. Maen nhw'n dweud i mi ei fod yn ŵr ifanc addawol ryfeddol, addawol ryfeddol. Dipyn yn ddrud, hwyrach. Ond addawol ryfeddol.'

O weld y berwr wyau gwyddau'n mynd â'i din am ben am y milfed tro, a'r tywod yn llifo allan, penderfynodd y Gweinidog ymatal a dweud dim.

Cododd John James ar ei draed, yn arwydd y dylai'r cwsmer wneud yr un peth. 'Na, Mistyr Thomas, talu am adfer y llawr i'w gyflwr gwreiddiol fyddai fy nghyngor i chi, ac mae'r rhan fwyaf o'r Blaenoriaid, wedi i mi gysylltu â nhw, o'r un farn.' Pwysodd fotwm ar y ddesg a dechrau siarad drwy intercom wedi cael annwyd, 'Mae'r Parchedig Eilir Thomas yn barod i ymadael, os byddwch chi mor garedig â dod i'w gyrchu o, Miss Phillips.'

'Â phleser, Mistyr James.'

'Diolch, Miss Phillips.'

'Diolch, Mistyr James.'

'A, Miss Phillips?'

'Ia, Mistyr James?'

'Mi fedrwch anfon bil Mistyr Thomas, fel yn arferol, hefo fan bysgod Mistyr Owen C. Rowlands.' A dyna'r cyntaf i Eilir glywed neb yn rhoi'i enw llawn i'r gwerthwr pysgod.

'Diolch, Mistyr James.'

'Diolch, Miss Phillips.'

* * *

Yn ddiweddarach y pnawn hwnnw, ac yntau'n sleifio'n dinfain heibio i'r Tebot Pinc, clywodd yr hyn a ofnai – llais digamsyniol Cecil, 'Mistyr Thomas, cariad!'

Trodd ei ben, fel amryw eraill o'r rhai a gerddai'r stryd, i weld Cecil yn nrws ei barlwr tatŵio, 'Fy Heulwen i', yn ei ffedog blastig wen a honno'n debotiau bach pinc i gyd.

'O! Cecil. Chi sy'na?' A cheisio swnio fel petai newydd daro ar ddyn o'r lleuad.

'Peidiwch â phasio, *sweetie pie*,' a cherddodd Cecil Siswrn yn fân ac yn fuan tuag ato. 'Dw i am ga'l gair bach hefo chi, *if you don't mind*.'

'Wel, ar fy ffordd adra rydw i, Cecil, ac ar dipyn o frys.'

'*I won't keep you long*, siwgr,' a chydio yn llaw ei Weinidog. 'Awn i mewn ffor yma, ylwch. Wn i'ch bod chi'n *broad-minded*.'

Sawl gwaith dros y blynyddoeddd roedd y Gweinidog wedi cael ei herwgipio fel hyn oddi ar y stryd, gefn dydd golau. Yna, ei arwain gan Cecil, gerfydd ei law ac yn groes i'w ewyllys, naill ai i'r Tebot Pinc neu i'r Siswrn Cecil'*s Scissors* i wrando arno'n berwi'n ferchetaidd mewn rhyw fwngrel o Gymraeg am fân lwch y cloriannau. Er iddo landio ym Mhorth yr Aur, fel o unman – mor dlawd â llygoden eglwys yn ôl pob sôn – roedd Cecil Humphreys erbyn hyn yn ŵr busnes llewyrchus a newydd agor parlwr tatŵio a brownio cyrff am y pared â'i ddau fusnes arall. Os bu maferig erioed Cecil Siswrn oedd hwnnw. Un o gasbethau Eilir oedd Cecil yn cydio yn ei law ac yn ei alw wrth enwau anwes ond gwyddai, hefyd, y gallai ddibynnu arno am gefnogaeth ar law a hindda. O dan y ceffyl syrcas roedd yna enaid hynod o driw.

Oedodd Cecil yn nrws y parlwr tatŵio a sibrwd yn uchel, '*We'll go straight through*. Dydi pawb ddim yn *fully dressed*.'

Cerddodd Eilir yn igam-ogam rhwng y gwlâu, lle'r oedd nifer o wragedd Porth yr Aur yn araf rostio yn yr haul cogio, gan edrych yn union o'i flaen. Wrth frysio heibio i'r gornel tatŵio, gyda chil ei lygad, gwelodd fynydd o wraig yn lledorwedd ar wely a fawr ddim amdani.

'*Afternoon, Father*,' meddai honno. '*It's nice to see you. 'T'is indeed*.'

Troes ei ben, yn reddfol ond yn anfwriadol, i weld Kathleen Mulligan, gwraig Shamus, a thatŵ ar ei chrwper yn hanner sychu.

Cyn iddo gael cyfle i ateb fe'i tynnwyd ymlaen gan Cecil. 'Dw i ar ganol rhoi *leprechaun* ar 'i *back-side* hi, Mistyr

Thomas, ond ma' gin i ofn 'mod i'n rhedag allan o inc gwyrdd.'

Wedi rhoi'r Gweinidog i eistedd wrth fwrdd yn y Tebot Pinc, eisteddodd Cecil yn y gadair gyferbyn a gweiddi ar y ferch tu ôl i'r cownter, 'Lally, *my dear, cappuccino* mawr i 'Ngwnidog annwyl i, ac un *chocolate eclair*.'

'Ond, Cecil, mi rydw i newydd ga'l panad.'

'Ac mi fedrwch neud hefo un arall. *Ye'r as thin as a dipstick, if you don't mind me saying so.*' Plygodd Cecil ymlaen a rhoi'i law ar law ei Weinidog, 'Ma' rhaid i chi fyta, cariad, i chi ga'l mynd yn hogyn mawr.'

'Neis gweld chdi, Bos,' meddai'r ferch lygatddu wrth roi'r cwpan a'r plât ar y bwrdd o'i flaen. 'Musus chdi'n iawn?'

'M . . . ydi. Ydi, yn iawn, diolch.'

''Sti isio *top-up*, 'mond i chdi rhoi showt, ia?' a chilio ymaith.

'Un o'r Mulligans, Mistyr Thomas,' eglurodd Cecil.

'Felly ro'n i'n tybio.'

'*And not in the family way . . . just at the moment.* Ma' nhw fath â *rabbits*, Mistyr Thomas bach.'

Wedi i Lally ddychwelyd i du ôl y cownter, er bod digon o glustiau parod yn dal o fewn clyw, aeth Cecil ati i drafod y mater a oedd ganddo o dan sylw. 'Rŵan, cariad, mi wn i ych bod chi *under the weather*.'

'Wel, mi rydw' i wedi gweld gwell tywydd, ma'n rhaid cyfadda,' a rhythu'n wag i'r ffroth a oedd ar ben y *cappuccino*.

'Wn i. Ond ma'ch problemau chi i gyd drosodd, cariad.'

'Sut?'

Plygodd Cecil fwy byth ymlaen i wynt ei Weinidog, nes roedd tarth y *Chanel* yn mynd i'w wddw, 'Ma' gin i *good news* i chi, siwgr .'

Aeth y torrwr gwalltiau ati i egluro fel roedd wedi trefnu i ryw '*gentleman*', chwedl yntau, a adwaenai'n dda – ac roedd gan Cecil bob math o gysylltiadau busnes – i sgwrio'r *McLaverty Skidshine* oddi ar lawr festri Capel y Cei a'i adfer i'w gyflwr llychlyd arferol. '*So*, dyna chi, cariad – *Bob's your uncle.*'

'Ond, Cecil,' plediodd y Gweinidog, yn dal i gerdded y palmant tywyll, 'mi fydd hyn yn gost ychwanegol eto.'

'*Watch this space!*' Neidiodd Cecil ar ei draed, 'Rhaid i mi fynd rŵan, siwgr. Ne' mi fydd *leprechaun* Musus Mulligan wedi dechrau rhedag.' Wedi cyrraedd y drws o reffynnau gwellt a wahanai'r ddau fusnes trodd yn ei ôl a gweiddi, 'Lally, *dear*, geith Mistyr Thomas setlo'r bil *on his way out.*'

* * *

O chwerw brofiad, penderfynodd Eilir a Ceinwen gerdded i'r cyngerdd yn hytrach na mynd yno hefo car. Gan fod a wnelo'r Mulliganiaid â'r noson byddai pob hances boced o le parcio wedi'i fachu'n barod; faniau a loriau tarmacio ar y palmentydd ac i fyny ochr y cloddiau, gyferbyn â drysau tai, ar linellau dwbl ac yn tagu pob trafnidiaeth arall.

Cath mewn cwd oedd y noson, serch yr holl hysbysebu gwallgof a fu arni. Ofn pennaf Eilir, o nabod rhai o'r artistiaid, oedd i bethau fynd yn ddi-chwaeth. Ond chwarae teg i Cecil am fod yn fwy na'i air a threfnu noson o adloniant ysgafn a'i helw er budd llawr y festri a digolledu'r Gweinidog.

Wrth ddisgyn i lawr y Grisiau Mawr i gyfeiriad y dre sylwodd y ddau fod yna dyrfa gref yn prysuro i gyfeiriad y capel – pobl mewn oed yn bennaf, amryw wrth eu ffyn ac un neu ddau mewn cadair olwyn.

'Mi dalith y noson ar 'i chanfed, Cein. Wedyn, mi fedrwn ni ddeud 'amen' wrth yr holl beth.'

''Ti'n meddwl hynny?'

Roedd dawn y 'Siswrn' i dynnu cynulleidfa yn un ryfeddol. Yr un reddf, mae'n debyg, a'i sbardunai i lwyddo mewn busnes. Y syndod mawr oedd o ble y câi'r amser i drefnu'r holl waith dyngarol a gyflawnai ac yntau â chymaint o heyrn yn y tân.

Pan gamodd y Gweinidog a'i wraig i mewn i'r festri, roedd y lle'n rêl bedlam ac yn llawn fel wy. Dwy sedd yn y cefn, ar y pared, wrth y drws, oedd yr unig ddwy a oedd ar ôl ac roedd seddau felly yn siwtio'r ddau i'r dim. I'r dde i'r llwybr a wahanai'r festri'n ddwy roedd tylwyth y Mulliganiaid yn dyrfa fawr, swnllyd, a'u plant, naill ai'n tynnu migmas ar blant y capel neu'n byddaru pawb â'u ffonau symudol. Roedd ambell un yn codi llaw ar 'Taid Shamus' yn y cefn a oedd yn gyfrifol am y 'lectrics'.

Wedi i'r llenni agor, ac i 'Taid Shamus' lwyddo i gael y lampau i ddeffro, ac i Cecil groesawu pawb a chyfeirio, yn anffodus i Eilir, at ei Weinidog fel *'my only sunshine'*, dechreuodd yr eitemau lifo. Tlysion Tralee, pwy bynnag a fathodd yr enw, oedd y cantorion: tair o ferched Shamus a Kathleen Mulligan – Nuala, Brady a Lala – a'u brodyr, Patrick a Gavin, yn cyfeilio – y naill hefo ffidil a'r llall hefo tambwrîn.

'Ma' nhw'n canu'n ddigon tlws, Cein,' sibrydodd ei gŵr.

'Ond yn edrach yn dlysach fyth.' Roedd y tair yn gwisgo sgerti lleision lliw carreg Connemara, blowsys gwynion, a'u crwyn lliw coffi hufen yn sgleinio yn llewyrch y lampau. Jigiau Gwyddelig adnabyddus oedd y deunydd, yn bennaf, a rhai o ffefrynnau'r Dubliners wedi'u hail-bobi a'u pwytho i mewn i'r rhaglen.

Bob hyn a hyn – er mwyn rhoi hoe i'r cantorion – cerddai Liam, mab hynaf Shamus, i'r llwyfan a gweithredu fel consuriwr. Roedd y triciau gyda chardiau yn ddigon derbyniol. Tynnodd Liam bac o gardiau o boced ei drowsus, yna ei gymysgu, ei dorri'n ddau a dangos i bawb gerdyn ac arno saith calon. Yna, cymysgu a thorri drachefn a dangos fel roedd y saith calon wedi diflannu. Cerddodd wedyn at Ifan Jones a'i orfodi i wagio un o'i bocedi a'r hen ŵr yn tynnu allan bob rhyw geriach – darn o linyn, un taffi triog ar hanner ei gnoi, hances boced yn stiff o garthion hen annwyd, tabledi chwalu gwynt ac, er syndod i bawb, y saith calon.

'Roedd hwnna'n glyfar, Ceinwen.'

'Ifan Jones, druan. 'Di peth fel'na ddim yn deg.'

Yn ystod ei ail slot, gwthiodd Liam arch ar olwynion i'r

llwyfan ac agor ei chaead. Cerddodd Kathleen Mulligan ar y byrddau, mewn leotard pinc a phob bryn a phant yn bowld o amlwg a'r tylwyth teg Gwyddelig wedi hen sychu a rhinclo. Gydag ymdrech, dringodd Kathleen i mewn i'r arch isel a chaeodd Liam y caead arni. Â miwsig cynhyrfus yn cyrraedd cresendo, cydiodd mewn llif, ei ddangos, a dechrau llifio'i fam yn ei hanner. Roedd plant y Mulliganiaid fel y bedd, yn poeni wrth weld pen a thraed 'Nain Shamus' yn debyg o adael ei gilydd. Nid felly y bu. Serch llifio'r arch yn ddwy ymddangosodd Kathleeen Mulligan o du ôl i lenni cefn y llwyfan heb arni friw na chraith.

Yn ystod rhan olaf y cyngerdd, mentrodd Tlysion Tralee ganu hen ffefrynnau Cymraeg fel *Ar y Bryn mae Pren* a *Lawr ar Lan y Môr*. Gyda'r acen Wyddelig a chyfeiliant sionc y ffidil a'r tambwrîn roedd y canu'n cydio a'r gynulleidfa'n cymeradwyo drwy glapio ac ymuno yn yr hwyl.

Gyda chyfraniad olaf Liam y dechreuodd pethau chwalu. Cerddodd i'r llwyfan gyda ffagl â thân arni. Cerddodd amgylch-ogylch y llwyfan gyda golwg fygythiol arno, yn gwthio'r fflamau tân rhwng ei goesau a than ei geseiliau, a'r gerddoriaeth yn cynyddu bob eiliad. Yna, tagwyd y gerddoriaeth yn stond. Er mawr ddychryn i'r plant, daliodd Liam y ffagl ymhell oddi wrtho, yna, gwthio'r fflamau tân i lawr ei gorn gwddw. Pan dynnodd y ffagl allan roedd honno'n dal i losgi. Yn ystod yr ail lyncu yr aeth pethau'n flêr. Pan dynnodd Liam y ffagl o'i geg am yr eildro roedd y tân wedi diffodd. Ond dechreuodd cyrlen o fŵg du lifo allan o'i ben-ôl a hwnnw'n

cael ei ddilyn gan wreichion yn tasgu'n beryglus i bob cyferiad.
'Cein, ma'r dyn ar dân!'
'Ac ma'r tân yn mynd am y llenni!'
Dyna'r foment y camodd Meri Morris i'r llwyfan yn cario pwced odro. Heb feddwl ddwywaith, lluchiodd bwcedaid o ddŵr dros y sefyllfa, hanner boddi Liam a diffodd pob perygl. A chafodd Meri gymeradwyaeth fwya'r noson.

Cerddodd y ddau i fyny'r Grisiau Mawr, fraich ym mraich, a holl gynnwrf y noson ym mhob asgwrn.
'Cein, pam na fedra' i gychwyn tân yng Nghapal y Cei?'
''Ti 'di gneud, do?'
'Pryd?'
'Wel, y chdi, mewn ffordd, gychwynnodd hwn heno. Deddf achos ac effaith, yli!'
Safodd Eilir am eiliad i geisio deall y rhesymeg.
'Tyd, Eil. Dw i'n 'i theimlo hi'n dechrau oeri.'

2. *Y SWIGAN LYSH*

'Chwythwch i hwn, Mistyr Black', gorchmynnodd y cwnstabl ifanc.

'Pw!'

'A daliwch i chwythu nes y bydda i yn deud wrthach chi am beidio.'

'Pw-w-w-w!'

'Sudach chi, Offithyl?' holodd Oli Paent, yn dafod tew i gyd.

'A'ch enw chithau?' holodd hwnnw a pharatoi i gymryd y manylion.

'Widd Cwac Cwac,' a dechreuodd Oliver Parry siglo chwerthin am ben ei ddoniolwch ei hun.

Gyda chil ei lygad daliodd y Gweinidog ar Jac Black yn dechrau colli'r dydd. Am na chafodd orchymyn i beidio roedd Jac yn dal i anadlu allan. Cychwynnodd i'w gyfeiriad.

'Safwch yn ôl!' gorchmynnodd y glas. 'Mi gymra' i'ch enw chithau, at y ddau sydd gin i'n barod.'

Wedi tynnu'r swigan lysh o rhwng gweflau gleision Jac craffodd y cwnstabl ar y darlleniad a chwibanu'i ryfeddod, 'Whiw! Mae hi'n syndod na fydda'r peiriant 'ma sgin i wedi mynd yn ddarnau.' Safodd gam yn ôl a dechrau annerch y teithiwr a oedd ar fynd i mewn i'r bỳs, 'Un rhybudd i bawb arall ohonoch chi. Peidiwch â thanio matsian o fewn hyd braich i geg Mistyr Black, rhag ofn inni ga'l ffrwydrad. *Explosion*,' ychwanegodd, i gydymffurfio â pholisi'r Prif

Gwnstabl o ymarfer dwyieithrwydd ar bob achlysur. 'A pheidiwch, ar boen eich bywyd, â mynd â fo'n agos i unrhyw dân agorad. *Open fire.*' Craffodd eilwaith ar y darlleniad ac ysgwyd ei ben yn gondemniol, 'Dydi dyn fel hyn ddim ffit i wthio pram heb sôn am ddreifio bỳs. Rhowch o i ista yn y sêt gefn. Ac os oes gynnoch chi blancad, taflwch hi drosto fo . . . rhag ofn iddo fo ga'l niwmonia.' Yna, rhoddodd gam i gyfeiriad y Gweinidog, fflicio'i lyfr nodiadau'n agored a pharatoi i ysgrifennu, 'Os ca'i ych enw a'ch cyfeiriad chithau?'

'Y Gweinidog ydi o,' eglurodd un o'r teithwyr, yn ceisio codi mymryn ar statws y cwmni.

'Felly ro'n i wedi amau,' mwmiodd hwnnw ac ysgwyd ei feiro'n ffyrnig i beri i'r inc lifo'n fwy rhwydd.

Dyna'r foment y dechreuodd 'Wil Cwac Cwac' gwacian yn uchel. 'Os gnewch chi fy esgusodi i, gyfeillion,' ebe'r cwnstabl, yn cadw'i lyfr. 'Dw i am bicio i'r car i nôl yr handcyffs. *To get the handcuffs.*'

* * *

Roedd Ceinwen, gwraig y Gweinidog, wedi cael crap ar stori trip blynyddol Cymdeithas Ddiwylliannol Capel y Cei oddi wrth ei gŵr a chan hwn ac arall wrth iddi gerdded y stryd. Gan mai tuedd Ceinwen oedd crogi i ddechrau ac ystyried y cyhuddiadau yn nes ymlaen, penderfynodd Eilir ogrwn y manylion yn ara deg a gadael y ffeithiau mwyaf annymunol tan yn olaf; taflu ambell sylw awgrymog a wnâi pobl y stryd – rhag brifo teimladau Ceinwen yn fwy na dim arall. Ond naw diwrnod wedi'r digwyddiad, a'r papur lleol, *Porth yr Aur Advertiser,* newydd ddisgyn drwy'r twll llythyrau fe aeth yn draed moch a phennau gwyddau yn nhŷ'r Gweinidog. Ar y pryd, roedd y ddau yn eistedd o flaen tân oer, fin nos; Eilir â'i ben mewn llyfr a Ceinwen newydd ddechrau pori yn y papur wythnosol.

'Eilir!' gwaeddodd â'i llygaid ar adael eu socedi, 'Wyddost ti bod dy lun di ar dudalen flaen yr *Advertiser?*'

'Ydi o?' a cheisio swnio'n ddidaro ond yn gofidio'n fawr am hynny.

'Ac wrth dy benelin di mae'r peint cwrw mwya welis i yn fy nydd.'

'Ond, Cein, nid fy mheint cwrw i oedd o. 'Nes i ddim cymaint â llyfu'r ffroth oedd ar 'i wynab o.'

'Ydi camera'n medru twyllo?'

'Ydi.'

'Be'?'

'Ydi. Un Rojero Gogonzala.'

'Gogonzalis,' cywirodd Ceinwen. 'Math o gaws 'di'r llall.'

'Gogonzalis 'ta.'

Rojero Gogonzalis, Eidalwr o waed, oedd tynnwr lluniau swyddogol *Porth yr Aur Advertiser.* Gyda'r blynyddoedd, roedd sawl un wedi ymddangos yn y papur hefo dau ben ac eraill, yn anffodus, heb ben o gwbl. Pan anrhydeddwyd Ifan Jones â Medal Gee am ffyddlondeb oes i'r ysgol Sul roedd llun ohono ar y dudalen flaen yn cael ei longyfarch gan ei Weinidog, ond bod y Gweinidog yn sefyll ar ei draed ac Ifan, druan, yn sefyll ar ei ben.

'Wel, 'ti'n gwybod, Cein, fel ma' Gogonzalis yn ca'l lluniau allan o ffocws.'

'Gwn,' ond yn dal yn amheus.

'Wel, peint Oli Paent oedd wrth fy ysgwydd i. Yr wythfad iddo fo'i yfad y pnawn hwnnw, os dw i'n cofio'n iawn. Y fo oedd piau fo, nid fi. Er ma' fi oedd wedi talu amdano fo.'

'Chdi! Wedi talu amdano fo?' holodd Ceinwen â'i gwrychyn yn codi.

'Wel, doedd gynno fo ddim newid ar y funud, medda fo. Dim ond papur degpunt.'

'Ac roedd o wedi llyncu saith yn barod?'

'Ond rhywun arall, nid fi, dalodd am y rheini.'

Aeth Ceinwen yn wynias, 'Ma' isio chwilio dy ben di, Eilir Thomas. Oes tawn i'n llwgu. Dyna fo, wedi i ti neud dy wely mi fydd yn rhaid i ti orwadd arno fo. Roedd Mam, druan, isio i mi briodi ryw foi fydda'n dŵad rownd i ddarllan mitr lectrig. Dyna fo, 'nes i ddim gwrando ar 'i chyngor hi – yn anffodus.'

Bu saib arall yn y siarad; Ceinwen yn rhythu ar y llun a'i gŵr yn llyfu'i glwyfau.

'Ond ma'na un fendith, does?' awgrymodd Ceinwen yn sarcastig.

'Oes yna?'

'Wel, wedi i'r llun yma ymddangos yn y papur mi fydd Cymru, o'r diwadd, yn dŵad i wybod amdanat ti. Yr alcoholig llawen.'

'Dydi hyn'na dim yn deg, Ceinwen.'

Doedd hynny ddim yn deg. Cylchrediad cyfyng iawn oedd un yr *Advertiser*. Porth yr Aur yn bennaf, y mân bentrefi o amgylch ac ychydig gopïau a anfonid drwy'r post i blant y dref a'r cylch a oedd oddi cartref. Serch hynny, roedd i'r papur drwyn am sgandal fel un *News of the World* – ond ar raddfa leol iawn – a digon o wyneb i fentro datgelu enwau. Gan nad oedd llofruddiaethau'n digwydd yn aml ym Mhorth yr Aur, na neb yn torri i mewn i fanc gydag unrhyw gysondeb, roedd mân lithriadau yn cael tudalen flaen a'r is-olygydd yn llunio penawdau breision i wneud y pwll yn futrach nag ydoedd. Prinder straeon mawr a oedd yn gyfrifol fod hanes a llun Gweinidog Capel y Cei wedi cyrraedd y dudalen flaen sawl tro – â'i drowsus dros ei sgidiau, yn amlach na pheidio.

'Ac os ca'i ofyn i ti, Eilir,' holodd ei wraig, 'i be oedd isio i ti ga'l tynnu dy lun o gwbl?'

'Ond Ceinwen, nid fy newis i oedd o. Pan aeth pawb i mewn i'r Llew Du, i ga'l tamad o fwyd ar derfyn y daith, pwy oedd wrth y bar, a'i gamera yn hongian rownd 'i wddw, ond y Gogonzalis 'ma. Ac fel ti'n gwybod, Cein, mi dynnith hwnnw lun rwbath. Fasa'n tynnu llun pen-ôl eliffant tasa un yn digwydd pasio.'

Roedd Rojero yn daniwr parod, mae'n wir. Ymfudo i Borth yr Aur o Borgo San Lorenzo, pentref bach yng ngogledd yr Eidal, tua diwedd y rhyfel byd cyntaf oedd hanes ei daid a'i nain ac agor siop fechan ar y Cei, i werthu hufen iâ'n bennaf. Roedd yntau'r un sbit â'i dylwyth: byrgrwn, tywyll o bryd, yn dragwyddol lawen a'i ddannedd yn wên i gyd.

Disgynnodd llygaid Ceinwen ar yr ail lun, un llawer llai. 'Ac ma'r paparatsi wedi ca'l pethau o chwith yn y llun arall 'ma hefyd.'

'Be 'ti'n feddwl?'

'Wel, pen Oliver Parri ydi hwn, hyd y gwela i, ond corff ceiliog chwadan sgynno fo.'

'Tric 'di o 'te?'

'Be 'ti'n feddwl?'

'Fel y gwyddost ti, hefo sganiwr ma' hi'n bosib rhoi pen un dyn ar sgwyddau dyn arall.'

'Ond Eilir, llun ceiliog chwadan ydi hwn a phen Oli Paent ar ben 'i gorn gwddw o?'

Gorfodwyd y Gweinidog i ollwng rhagor o'r gath o'r cwd, 'Wel, fel hyn roedd hi. Pan ofynnodd y plisman ifanc hwnnw i Oli Paent be oedd 'i enw o, mi ddeudodd ma' Wil Cwac Cwac.'

'Wil Cwac Cwac?' holodd Ceinwen mewn anghrediniaeth. 'Pa mor wirion y medrwch chi ddynion fod?'

Aeth Ceinwen ati i ddarllen y stori o dan y lluniau. Roedd y gohebydd arbennig – pwy bynnag oedd hwnnw – yn ymddiheuro na fedrai ddatgelu'r manylion yn llawn gan fod yr heddlu yn dal i gynnal ymchwiliad. Fodd bynnag, roedd wedi cael ar ddeall – yn gyfrinachol wrth gwrs – fod tri o drigolion lleol i'w holi ymhellach. Awgrymai'r golygydd, gan fod rhagor o faw ffres yn debyg o ddod i'r wyneb, y dylai darllenwyr *Porth yr Aur Advertiser* archebu copïau o'r rhifyn dilynol mor fuan â phosibl.

Lluchiodd Ceinwen y papur o'i dwylo. 'Eilir, dw i am i ti ddeud y stori'n llawn wrtha' i. Heb gelu dim. Reit?'

'Ond nid fy mai i oedd o, Ceinwen.'

'Bosib. Er mor anodd ydi coelio hynny. Rŵan, y stori i gyd, o'r feri dechrau.'

*   *   *

I ddathlu diwedd tymor, arferai Cymdeithas Ddiwylliannol Capel y Cei fynd ar drip i weld rhyw ryfeddod neu'i gilydd a choroni'r siwrnai gyda phryd o fwyd mewn gwesty ar y ffordd adref.

Fel yr âi'r blynyddoedd yn eu blaenau âi'r rhyfeddodau'n brinnach, y gymdeithas yn llai diwylliedig a'r aelodau'n hŷn. Roedd y tymor a oedd newydd ddirwyn i ben wedi bod yn un hynod ddiflas. Dechreuwyd y tymor gyda darlith gan William Howarth, yr Ymgymerwr, ar y testun 'Rhodio Ymysg y Beddau' a Cecil yn lluchio ar y pared lun y naill garreg fedd ar ôl y llall; pob un yr un lliw, yr un maint a'r ysgrifen ar bob carreg yr un mor aneglur â'r un a aeth o'i blaen.

I gloi'r tymor, caed 'Sgwrs gyda Lluniau' gan Daisy Derlwyn Hughes am y gwyliau tramor, egsotig, a dreuliodd ei gŵr a hithau ar hyd a lled y byd – cyn dyfod y dyddiau blin. Gan i'r Cynghorydd Derlwyn Hughes – cyfreithiwr ym Mhorth yr Aur a Blaenor yng Nghapel y Cei – farw yn y Nook, uwchben y *Lingerie Womenswear*, mewn trap llygod o wely benthyg, ac ym mreichiau'r ddiweddar Dwynwen Lightfoot, daeth tyrfa gref i'w gwrando ond am resymau cwbl annheilwng. Gwelwyd 'Der', chwedl hithau, yn bolheulo yn y Caribî, yn dawnsio'r tango yng ngwyll rhyw glwb stripio yn Nairobi, yn yfed gormod gwin yn haul rhy danbaid y Costa-del-Sol ac mewn sawl sefyllfa ddelicet arall. Wrth fod Daisy rhwng pob sleid yn crio'i hiraeth i fymryn o hances boced, ar yn ail â sychu'r afonydd masgara a lifai dros ei gruddiau, aeth y sgwrs yn un hynod o faith. Bob tro yr ymddangosai llun Derlwyn ar y sgrîn ni allai Eilir beidio â chlywed Meri Morris, chwaer Daisy, yn sibrwd yn glywadwy uchel, 'Wel yr hen sglyfath iddo fo!'

Oherwydd meithder sgwrs Daisy, llond het yn unig a arhosodd ar ôl i drefnu'r wibdaith flynyddol a chan fod pawb wedi mynd yn soldiwr roedd unrhyw gynnig yn debyg o gario'r dydd.

'Meddwl ro'n i rŵan,' meddai Howarth yn arferol amherthnasol, 'y dylan ni ddiolch i'r Hollalluog ma' yn y Nook y buo'r diweddar Derlwyn Hughes farw. Mi gafodd Jac a finna ddigon o helbul i' ga'l o allan o le felly. Dim ond diolch bod yno ffenast do. Ond be tasa fo wedi marw yn Nairobi?'

'Caergybi?' holodd yr hen Ifan Jones wedi camglywed. 'I be'r eith neb ar drip i ryw dwll felly?'

'Rŵan,' holodd y Gweinidog, yn dechrau cael llond bol, 'oes gan un ohonoch chi awgrym am le i fynd iddo fo ar ein gwibdaith flynyddol? Rhywle heb fod yn rhy bell ac eto heb fod rhy agos. Dros y blynyddoedd, mi rydan ni wedi bod ymhobman o dan haul am wn i.'

'Wedi gwrando ar y sothach glywson ni heno,' ebe John Wyn, Ysgrifennydd y capel, ac un hynod ddrwg ei ddioddef, 'dw i flys cynnig ein bod ni'n aros yn fwy lleol a cheisio dysgu mwy am ein gwreiddiau.'

'Yn hollol,' cytunodd Dwynwen, yr ieuengaf o'r Blaenoriaid a'r mwyaf meddylgar ohonynt. 'Ac mi fydda'n beth da i ni geisio perswadio cymaint o blant â phosib i ddŵad hefo ni ar y daith iddyn nhw ga'l dysgu am 'u treftadaeth.'

'Iawn. Ond dowch â'ch awgrymiadau.'

'Taro i fy meddwl i rŵan,' meddai John Wyn – serch bod ei wraig ac yntau wedi cwcio pethau ymlaen llaw – 'ond ma' gin Lisi 'cw sgwrs, hynod ddiddorol, am y dyn ddaru hyrwyddo dirwest yn yr ardal 'ma. Robat Owan, Eithin Fynydd, fel y byddan nhw'n cyfeirio ato fo.'

'Eithinfab,' ychwanegodd Dwynwen yn gwybod ei enw

barddol. 'Mi sgwennodd amryw o gerddi pan oedd o'n ifanc, cerddi dirwest felly, ac fe gyhoeddwyd un gyfrol o'i waith o, o leia. Ac ma'na gofgolofn iddo fo tu allan i gapal Sardis, y capal bach 'na sy ar y llethrau uwchben Cwm Oer.'

'Ia ia,' ebe John Wyn yn flin, yn teimlo bod Dwynwen yn dwyn ei dân. 'Ac wedi inni gyrraedd y lle, a mynd at y gofgolofn, mi fasa Lisi 'cw'n barod iawn i ddeud gair bach amdano fo.'

Synhwyrodd y Gweinidog nad oedd neb o'r pwyllgor yn awyddus i neidio at yr abwyd hwnnw. Ond doedd hynny ddim yn syndod. Wedi iddi ymddeol fel prifathrawes ysgol breifat i ferched yn Kidderminster, dychwelodd Elisabeth Ambrose i'w chynefin ym Mhorth yr Aur a phriodi, yn annisgwyl iawn, hefo John Wyn. Serch iddi fyw oes yn Lloegr, un maes diddordeb Elisabeth Ambrose oedd hanes lleol ac roedd ganddi stôr o wybodaeth am y dre a'r gymdogaeth. Doedd neb, chwaith, yn amau'i hysgolheictod hi ond roedd ei darlithoedd cyn syched â hen grystiau a'r rhesel, gan amlaf, wedi'i gosod yn llawer rhy uchel.

'Lle yn union mae'r Sardis 'ma?' holodd rhywun, i oedi dod i benderfyniad.

Ceisiodd y Gweinidog egluro. 'Dwn i ddim wyddoch chi lle ma tafarn y Llew Du ar gyrion Cwm Oer?'

Caed corws o atebion, 'Wyddon ni rŵan . . . 'Di bod yno sawl tro . . . Lle tsiampion am fwyd.'

'Cynnig ein bod ni yn 'i mentro hi,' cynigiodd Fred Phillips, yr adeiladydd, ond heb unrhyw syniad beth oedd ystyr 'dirwest' – naill ai fel gair nac fel profiad. 'Fasa dim isio inni gychwyn i le felly dan y pnawn. A mynd i'r Blac wedyn am dipyn o *knees up*,' a chafodd bwniad milain gan Freda, ei wraig.

'Newch chi gofio lle rydach chi, Twdls? Yn Nhŷ yr Arglwydd – nid yn y Lodj!' Ac roedd 'Ffrîd Plas Coch', fel y'i gelwid, yn ymgorfforiad o ragrith.

''Ddrwg gin i, Blodyn.' (Fel 'Twdls' a 'Blodyn' y cyfeiriai'r ddau at ei gilydd, yn ddirgel ac ar goedd, er mawr ddifyrrwch i drigolion y dref.) 'Am . . . y . . . am damad i fyta felly. Ma' 'na fics-gril digon o ryfeddod yno,' a rhwbio mynydd o fol i danllinellu'r peth.

Wedi tipyn rhagor o droi'n wag cytunwyd ar ddyddiad, y Sadwrn cyntaf ym Mehefin, a chychwyn wrth y Capel Sinc am 'mor agos i ddau â phosib'. Gwyddai Eilir nad oedd angen trafod y cludiant; Bysus Glanwern oedd yr unig ddewis, faint bynnag y gost. O ddewis unrhyw gwmni arall âi Cliff Pwmp, y perchennog, i'w siambr sorri, neu i'r capel Wesle, a hynny am fisoedd lawer.

'Ydi hynny'n iawn hefo chi, Clifford Williams?' holodd y Gweinidog yn dringar. 'Bỳs go fach fyddwn ni angan.'

'Ydi'n tad. Ond y broblem ydi,' a dechreuodd Cliff Pwmp ogr-droi yn ei sedd fel ci ar fin cael ei weithio, 'na fedra i ddim bod hefo chi fy hun.'

'Biti . . . Fydd yn gollad inni . . . Yn gollad fawr,' pwysleisiodd amryw, yn ddauwynebog.

'Na, ffrindiau, mi wn i ma' fy nghollad i fydd o. Ond y pnawn hwnnw, yn anffodus, dw i wedi addo mynd â llond bỳs i Landudno, i'r bingo pnawn.' Mwy o ogr-droi, 'Wel . . . y . . . dwn i ddim be feddyliwch chi, ond ma' Jac, Jac Black felly, wedi ca'l 'i drwydded yn ôl ac yn barod i helpu allan now-andden. Yn ôl y galw fel petai.'

Unwaith eto neidiodd Fred Phillips i'r pwll heb dynnu amdano, 'Cynnig ein bod ni'n derbyn cynnig caredig Clifford Willias. Gawn ni hwyl gythral . . .' a chafodd bwniad arall yn ei asennau, 'm . . . hwyl ardderchog hefo'r hen Jac. Fedra Jac ffendio'i ffordd i'r Blac â'i llgadau 'di cau.'

A chyda'r wybodaeth amheus honno y daeth y pwyllgor hwnnw i ben.

* * *

Criw digon brith a deithiodd i weld cofgolofn Robat Owan Eithin Fynydd. Wedi clywed mai Jac Black a fyddai wrth y llyw, ac mai Elisabeth Ambrose fyddai'n traethu, arhosodd rhai o'r ffyddloniaid gartref ond i lenwi'r bylchau caed cwsmeriaid heb eu disgwyl.

Cerdded palmant y stryd fawr roedd Eilir pan ddaeth lori artic, aml gymalog, i stop union gyferbyn ag o a gollwng clamp o wynt o'r system frecio. O edrych i fyny, gwelodd y Gweinidog het felfaréd ac yna wyneb mahogani Shamus Mulligan yn edrych i lawr arno o uchder y cab.

'Neis gweld chdi, Bos.'

'Sudach chi, Shamus?'

'Giami, ia.'

'Giami?' holodd y Gweinidog yn gorfod gweiddi'i orau dros sŵn yr injian diesel a oedd yn cnocio troi. 'Be sy?'

'Poeni ma' Shamus.'

'Poeni ddeutsoch chi?' yn cael trafferth i glywed hefyd yn erbyn yr holl ganu cyrn anniddig o'r tu cefn i'r lori. 'Be sy'n ych poeni chi?'

''Ti'n gwbod 'ogiau bach Nuala, Bos?'

'Y . . . ydw.'

''Ogiau bach *bright*, ia?'

'Wel . . . bosib iawn,' ond yn amheus o gofio'i hach.

'Ac ma' Taid Shamus isio nhw ca'l *good education*.'

Erbyn hyn roedd y canu cyrn yn mynd yn seindorf uchel. 'Well i mi 'i throi hi rŵan, Shamus. Mi'ch gwela i chi eto, ylwch.'

Ond serch fod stryd gyfan ar stop doedd y tarmaciwr ddim ar unrhyw frys. 'Dal dy dŵr, Bos bach. Geith Mikey a Patrick, 'ogiau bach Nuala, dŵad ar trip capal chdi? Iddyn nhw ca'l gwbod am petha da.'

'Ond gwrandwch, Shamus,' apeliodd y Gweinidog yn teimlo'r canu cyrn yn cynyddu fwy fyth, 'hefo'r deddfau newydd 'ma, fedar plant ddim dŵad ar wibdaith fel'na heb bobol i ofalu amdanyn nhw.'

'Gwranda, Bos,' meddai Shamus, dri chwarter allan o'r cab erbyn hyn a bron â syrthio allan drwy'r ffenest, 'gneith Taid

Shamus dŵad hefo chdi i gicio'u tina' nhw. Lle bo chdi'n gorod gneud.' Ond erbyn hyn roedd hyd yn oed Shamus Mulligan yn teimlo y dylai wneud lle i'w well, 'Rho enw fo i lawr, ia? A dau *at half price.*'

'Ond, Shamus . . .'. Cyn iddo gael darfod y frawddeg, roedd lori artic *'Shamus O'Flaherty Mulligan a'i Feibion'* wedi gollwng rhuad arall o wynt drwg ac yn dechrau malwenu'i ffordd ymlaen ar hyd stryd gul Porth yr Aur.

Peth mwy anghysurus fyth i Eilir oedd bod gyrwyr y cnebrwng o drafnidiaeth a âi heibio, wedi'r dal yn ôl, wedi camddeall y sefyllfa ac yn tybio mai'r Gweinidog oedd wedi stopio'r lori yn hytrach na'r lori wedi stopio hefo'r Gweinidog. Wrth fynd heibio, roedd rhai'n ysgyrnygu'n filain i'w gyfeiriad, eraill yn cau'u dyrnau yn fygythiol arno ac ambell un yn gwneud arwyddion hynod o ddi-chwaeth – serch y goler gron, neu o'i herwydd.

Llywiodd Jac Black y llwyth yn ddidramgwydd ddigon ar hyd y ffyrdd culion i fyny i ucheldir Cwm Oer. Un digwyddiad annymunol ar y ffordd i fyny oedd i Daisy Derlwyn Hughes fynd yn sâl bỳs a gorfod ffarwelio â'i chinio o facaroni a chaws ar ochr y ffordd fawr – a Jac yn dal pwced o'i blaen. Wedi'r ffarwelio hwnnw daeth Daisy ati'i hun yn fuan, ac wedi dringo'n ôl i'r bỳs aeth ati i adfer y lipstic a oedd wedi mynd hefo'r lli ac ailbowdro dros y rhychau.

Y tu mewn i'r bỳs caed annifyrrwch gwahanol. Dechreuodd plant y capel wneud pelenni papur a'u fflicio rhwng bys a bawd at wegil hwn ac arall. Yn y fan, copïodd wyrion Taid Shamus yr arfer ond gyda phelenni plwm yn daflegrau. Disgynnodd un belen ar gorun moel John Wyn a eisteddai yn y sedd flaen. Neidiodd hwnnw ar ei draed dim ond i dderbyn ergyd front arall yn ei wegil. Penderfynodd yr Ysgrifennydd eistedd yn ôl yn ei sedd, rhoi'i gap am ei ben, codi coler ei gôt a chicio penolau Mikey a Patrick yn nes ymlaen – fel byddai cyfle. Yr hyn a flinai'r Gweinidog yn fwy na dim oedd bod

Taid Shamus yn mwynhau'r saethu'n fwy na neb ac yn cynghori'i wyrion i ba gyfeiriad y dylid anelu nesaf.

'Ganed Robert Owen, Eithinfab fel y'i gelwid, mewn tyddyn bychan o'r enw Eithin Fynydd yn y plwyf hwn.'

Serch ei bod hi'n bnawn cynnes o Fehefin safai Elisabeth Ambrose gyferbyn â'r gofgolofn yn bum troedfedd o wlân Cymreig, brown tywyll – costiwm wlân, sanau gwlân, cap gwlân ac am ei thraed bâr o sgidiau brown, cryfion, heb fawr ddim sodlau. Er mai newydd ddechrau traethu roedd hi sylwodd y Gweinidog fod diddordeb y gynulleidfa'n egru'n gyflym. Awgrymai'r ffeil foldew a ddaliai rhwng ei dwylo fod mwy o ddiflastod i ddod.

I osgoi gwrando, edrychodd Eilir yn fanylach ar y gofgolofn. Roedd hi'n amlwg iddo fod y ddelw farmor angen ei hymgeleddu. Gwyn oedd y lliw yn wreiddiol ond roedd yr ochr a wynebai'r tywydd garw wedi duo'n enbyd a'r ochr a wynebai'r cysgod yn un llysnafedd gwyrdd, anghynnes yr olwg.

'Stwff da, Bos,' sibrydodd Shamus hefo mwy o ddiddordeb yn neunydd y gofgolofn nag yn hanes y gŵr a oedd yn cael ei goffáu ganddi. '*Real marble*, ia?'

'Ia debyg.'

'Ma' fo'n gwerth lot o pres 'sti, Bos.'

'Bosib.'

''Ti'n gweld lot o *shrines* fath â hwn yn Connemara. Yn tina clawdd, ia?'

'M.'

''Ti'm isio fflogio fo, Bos? Yn *second hand*.'

O weld Elisabeth Ambrose yn hyll dremio i'w cyfeiriad penderfynodd y Gweinidog roi cam yn ôl a mynd allan o glyw Taid Shamus.

'Ef ydoedd y nawfed plentyn o naw a aned i Esther ac Elias Williams a thlodaidd enbyd ydoedd eu hamgylchiadau. Fodd bynnag, ganed gwrthrych y ddarlith ym mis Chwefror 1841.'

Dynesodd Ifan Jones at y gofgolofn, i graffu'n fanylach ar y dyddiadau, a dechrau darllen yn uchel rhyngddo ac ef ei hun, '"Ganwyd ar y degfed o Chwefror 1841. Ail-anwyd, yr ugeinfed o Orffennaf 1860".' Trodd i wynebu'r gynulleidfa a chodi'i lais, 'Ma'n rhaid gin i, ffrindiau, ma'r ail-anwyd 'ma lladdodd o. Y cynta', beryg', heb lawn glirio.'

Taflodd Elisabeth Andrews bâr o lygaid milain at yr hen ffarmwr. Yna, wedi eiliad o saib rhybuddiol, aeth ymlaen â'i sgwrs. 'Ymunodd Robert Owen Eithin Fynydd â rhengoedd dirwest pan eto'n ieuanc a dringo i safle o anrhydedd yn eu mysg.'

Dyna'r foment y dechreuodd wyrion Shamus, Patrick a Mikey, ddringo'r gofgolofn. Wedi peth bustachu, a rhegi, llwyddodd y ddau i eistedd ar ddwy ysgwydd 'Robat Owan'. Dyma nhw wedyn yn cydio yn ei ben a dechrau siglo'u hunain yn ôl ac ymlaen. '*See* Taid Shamus!' gwaeddodd Mikey. '*The 'oly man is drunk.*'

Gyda chil ei lygad gwelodd y Gweinidog 'Robat Owan Eithin Fynydd', serch ei ddirwestaeth, yn dechrau pendilio'n feddw ar ei bentan wrth i Mikey a Patrick wthio yn erbyn ei gilydd. Yn ffodus, sylwodd Shamus ar yr un perygl a gwaeddodd yn hyll, '*Come down from t'ere, ye little buggers. Or* Taid Shamus *will kick ye'r* tin *to kingdom come.*' (Saesneg, ond yn dew o acen Wyddelig, oedd iaith y Mulliganiaid ymhlith ei gilydd o hyd, serch fod gan bawb erbyn hyn grap da ar y Gymraeg.) A llithrodd y ddau i lawr dros gefn y gofgolofn mor ddiymdrech â dau gyw gwiwer lwyd yn disgyn o goeden a mynd ati i ddifyrru'u hunain drwy dorri pennau blodau roedd ffyddloniaid Sardis wedi'u plannu o bopty drws y capel.

Wedi gweld fod Eithinfab yn ôl ar ei bentan aeth Elisabeth Ambrose ymlaen â'r traethiad, cyn syched â chynt ac yn iaith oes o'r blaen. 'Yn ogystal â chyhwfan baner dirwest roedd ein gwrthrych yn fardd pur gynhyrchiol. Canu y byddai i gofio trigolion Cwm Oer. Canu i gadw'r cof yn fyw am y rhai a gwympodd ar y daith . . .'

A dyma Patrick yn torri ar draws y darlithydd, '*Look*, Taid Shamus, *the 'oly man is havin' a piss.*'

Dyrchafodd pawb eu llygaid i gyfeiriad y gofgolofn, a gwir y gair. Roedd ffrwd o hylif brown yn llifo i lawr llodrau 'Robat Owan' a thros ei sgidiau.

'*Indeed he is,*' ebe Shamus ac ymgroesi'n ddefosiynol. O weld y wyrth, dybiedig, galwodd ei wyrion ato a rhedodd y ddau i'w geseiliau. '*Sur'ly ye'r witnessin' a miracle. The 'oly man of God is passin' water.*'

'*An' he might 'ave a caca as well,*' eiliodd Mickey yn credu Taid Shamus air am air ac wedi'i ddal gan y rhyfeddod.

'*He might indeed. He might indeed.*'

Gyda'i wreiddiau Pabyddol yn dal yn ddwfn yng nghorsydd gwlybion Connemara, ac yntau wedi clywed am ddelwau o'r Forwyn Fair ar adegau arbennig yn gollwng dagrau, teimlai'r hen dincer ei fod ar dir cysegredig ac y dylai 'ddiosg ei sandalau'. Cododd ei ben ac edrych eto i gyfeiriad y gofgolofn, '*See, Patrick an' Mickey, the 'oly man is still passin water*'.

'Rhyfedd ei fod o'n pasio cymaint o ddŵr,' meddai William Howarth, yn hanner credu yn y wyrth, 'ac yntau'r fath ddirwestwr.'

Pobl llawer mwy bydol oedd y gweddill. Fel adeiladydd profiadol aeth Fred Phillips at y gofgolofn, cerdded o'i hamgylch unwaith neu ddwy a mynd ati i egluro 'mecanics y peth', chwedl yntau, a lladd pob owns o'r wyrth yr un pryd, 'Biti gythra'l na fasa'r ffyrm cododd o, wedi'i godi o â'i dîn at y tywydd drwg.' Taflodd hwn ac arall gip at ei gilydd i fynegi'u hannealltwriaeth. Ond i Fred Phillips roedd y peth mor glir â'r dydd, 'Dach chi'n gweld, wrth bod ceg y dyn yn gorad, a bod fa'ma yn lle drwg am law mynydd, dydi dŵr yn llifo i lawr 'i gorn gwddw o ac i'w berfadd o. Ac fel gwyddoch chi, os eith dŵr i mewn i grombil rwbath mae o'n siŵr gythral o ffendio'i ffordd allan. A phan ddaru'r diawla . . .'

'Twdls! Langwej.'

''Ddrwg gin i, Blodyn.'

'Triwch gofio ma' trip capal 'di hwn.'

'A phan ddaru'r plant bach 'na fynd ati i'w ysgwyd o, mi styrbiodd, ylwch, a dechrau pis . . . m . . . a dechrau pasio dŵr.'

Wedi i Fred Phillips eu dwyn yn ôl i'r ddaear, doedd gan fawr neb o'r cwmni awydd i oedi ymhellach wrth y gofgolofn – hyd yn oed Elisabeth Ambrose. Llifodd y parti'n ôl am y bỳs fesul deuoedd a thrioedd. Cyn dringo grisiau'r bỳs, trodd Eilir ei ben yn ôl i weld 'Taid Shamus' a'i wyrion yn gosod torch o flodau – blodau wedi'u dwyn mae'n wir – wrth draed 'Robat Owan' a'r tri'n ymgroesi'n ddefosiynol fesul un ac un. Yna, wedi i Jac Black danio'r injian, a ramio'r bỳs i'w gêr, aeth Cymdeithas Ddiwylliannol Capel y Cei ymlaen am y Llew Du i foddi'r cynhaeaf.

* * *

Cynhaeaf gwahanol iawn oedd un y Llew Du erbyn hyn. Yn y blynyddoedd cynnar, ffermwyr y cylch a'u bugeiliaid oedd yr unig gwsmeriaid – ar wahân i ddiwrnod y sêl ddefaid ddiwedd Medi – a hynny fin nos, wedi diwrnod gwaith. Yr unig beth a oedd yn aros o'r hen ddyddiau oedd y simdde fawr a'r tân glo agored. Dros y blynyddoedd, bu sawl cenhedlaeth o'r un teulu'n cadw'r Llew ac yn ffarmio peth i gadw'r blaidd o'r drws. Erbyn hyn, un o'r bragdai mawr oedd y perchennog a theulu o Saeson o berfeddion Lloegr oedd y tenantiaid. Bellach, roedd hi'n gynhaeaf yno o fore gwyn tan nos, Sul, gŵyl a gwaith, gydol y flwyddyn. Y bugeiliaid newydd oedd y cannoedd cerddwyr a heidiai i ardal Cwm Oer i flasu'r unigeddau gan babellu hwnt ac yma ar bob darn o dir gwastad a galw yn y Llew Du i gael tamaid i'w fwyta neu i dorri syched. O dro i dro, deuai llond bỳs o deithwyr heibio, fel Cymdeithas Ddiwylliannol Capel y Cei, i gael pryd o fwyd cyflym ar delerau ffafriol. Polisi y cwmni newydd oedd cael cwsmeriaid o'r fath dros y rhiniog, ac at y byrddau, cyn gynted â phosibl a'u cael allan yn fuan wedyn – unwaith roedd y biliau wedi'u setlo.

Pan gamodd criw Capel y Cei dros y trothwy y pnawn hwnnw roedd y sŵn yn fyddarol: hyrdi-gyrdi o gerddoriaeth band yn cael ei hyrddio allan at y cwsmeriaid o bob cyfeiriad a'r cwsmeriaid, wedyn, yn gweiddi'u gorau glas mewn ymdrech i fod yn glywadwy. Cyn gynted ag roedd yr olaf o'r parti wedi camu i mewn fe'u hysiwyd at glamp o fwrdd hirsgwar wedi'i osod allan yn barod. Ond o leiaf roedd y ferch a oedd i weini arnynt, un o Borth yr Aur yn wreiddiol, yn lun o Gymraes ac yn budr nabod y Gweinidog. Cyn iddo bron gael cyfle i eistedd i lawr camodd i'w wynt a rhuthro darllen yr archeb barod.

'Pedwar sgampi a tsips, ia? Pum cyw iâr, un hyfo mash, tri hyfo tsips ac un hyfo bêc poteto yn lle tsips.'

'Bwm-thymp, bwm-thymp, bang!'

'Ia,' cytunodd y Gweindog ond yn methu â chlywed ei lais ei hun.

'Un bêc poteto arall hyfo caws, ia? Ac un hyfo caws a nionod.'

'Bwm-thymp, bwm-bwm-thymp, bang!'

'Pump cod a tsips, dau tsips a hadog, on' bo' un o'r ddau hadog a tsips heb bys. Reit? Ac un bîff cyri hyfo reis. Iawn?'

'Thymp-bwm, bwm-bwm-thymp.'

'Pedwar ham salad a dau bîff lasania, ia? Ac wyth sosej a tsips.'

'Thymp-bwm, bwm-bwm-thymp, bang!'

'On' bo' un sosej a tsips heb bys, ac un sosej an' tsips hyfo bêcd bîns yn lle hyfo pys, ac un hyfo dim on' tsips.'

'Bwm-thymp, bwm-bwm-thymp, bang!'

'A gewch chi ordro pwdin wedyn. Ma' hwnnw'n egstra. Iawn?'

'Iawn,' atebodd y Gweinidog yn tybio'i bod hi'n haws iddo ar y funud ateb dros bawb na mynd i gyfri pennau a chan gredu y byddai hi'n bosibl ffitio'r wadn fel bo'r droed yn nes ymlaen.

Pan oedd pawb ar glirio'u platiau sylwodd Eilir fod

cadeiriau Jac Black ac Oliver Parri yn dal yn weigion a dau blatiad o fwyd ar y bwrdd heb eu cyffwrdd, ac yn araf oeri serch fod y lle'n bopty.

Daeth y ferch yn ôl i weld fod popeth yn plesio a cheisiodd Eilir weiddi dros sŵn y band, 'Gwrandwch! Ma' 'na ddau ar ôl, heb ga'l 'u bwyd.'

'Bwm-thymp, bwm-bwm-thymp, bang!'

'Ma' nhw yn y bar, cariad. Wel-awê, ia?'

'Thymp-bwm, bwm-bwm-thymp.'

'Well i rywun arall fyta'u bwyd nhw, del. Fydd raid i chi dalu amdano fo, eniwe.'

'Thymp-bwm, bwm-bwm-thymp, bang!'

Wedi i'r ferch ddychwelyd i'r gegin, cododd y Gweinidog y platiau a'u dangos i ben pella'r bwrdd i weld a oedd rhai o'r oedolion am ragor o fwyd ond cythrodd wyrion Shamus i'r ddau blât heb gymaint â gofyn 'os gwelwch chi'n dda'. O weld rhai o blant y capel, a eisteddai gyferbyn, yn blysio'r bwyd sbâr cydiodd Mikey mewn sosej a rhoi llyfiad iddo a gwnaeth Patrick yr un peth hefo'r coes cyw iâr. Yn y garafán ar y Morfa Mawr roedd hi'n arfer, gorfodol, i farcio pob tamaid o fwyd a ddeuai i'r bwrdd cyn i rywun arall ei ladrata. Yn wir, roedd parhâd yr hil yn dibynnu ar y drefn honno.

''Ogiau *bright*, Bos,' gwaeddodd Shamus yn ei glust yn gwenu'i edmygedd. ''Di codi'n fora, ia?'

'Bwm-thymp, bwm-bwm-thymp, bang!'

'Bosib.'

Wedi cryn gymell arno, daeth Jac Black allan o'r Llew Du yn weddol sad ar ei draed ond pan anadlodd gegaid o wynt Cwm Oer, gwynt main yn nechrau Mehefin, fe'i gwthiwyd yn ôl ar ei gefn. Rhuthrodd dau neu dri ato i'w gynnal rhag iddo syrthio. Ymhen eiliad neu ddau, daeth Oli Paent dros y trothwy yn draed i gyd, ei dafod yn llond ei geg ac yn gweld pawb a phob dim yn rhyfeddol o ddigri. A dyna'r foment y cyrhaeddodd car yr heddlu.

Y diwrnod hir hwnnw, roedd hi'n dechrau nosi ar Gymdeithas Ddiwylliannol Capel y Cei yn dychwelyd i Borth yr Aur. Bu rhaid i'r aelodau, naill ai sefyllian tu allan i'r Llew Du neu ddychwelyd i'r bar i wlychu pigau, hyd nes i Clifford Williams ddychwelyd o'r bingo pnawn a chael ei ddanfon i fyny, wedyn, i Gwm Oer i yrru'r bỳs yn ôl at y Capel Sinc, y man cychwyn.

*   *   *

Wrth adael Cwm Oer, y noson honno o Fehefin, doedd neb – ond un, hwyrach – yn breuddwydio fod gwyrth ar ddigwydd; gwyrth a gadwai enw da 'Robat Owan Eithinfynydd' yn fyw am genedlaethau i ddod.

Shamus Mulligan a roddodd yr hỳm cyntaf i'r Gweinidog a hynny ddechrau'r gwanwyn canlynol. Ar y pryd, roedd Mulligan a'i feibion yn aildoi to fflat yr estyniad i dŷ'r Tad Finnigan – a hynny am y milfed tro. Wedi dim ond haul un haf roedd y naill do ar ôl y llall yn cyrlio fel becyn wedi'i orgrasu a'r Mulliganiaid, o'r herwydd, yn drwm o dan felltith yr Offeiriad. Pan ddaeth Eilir i'r golwg roedd Shamus Mulligan a'r Tad Finnigan wrth adwy'r tŷ a'r ddau i'w gweld yn anarferol gyfeillgar. Ar ben yr hances boced o estyniad roedd tri o feibion Shamus yn baglu ar draws traed ei gilydd yn eu hymdrech i ennill bendith eu Hoffeiriad a dau arall, ar y llawr, yn estyn a chyrraedd yn ôl y galw. 'Teulu'r ffall, Eilir Thomas, teulu'r ffall', dyna oedd sylw arferol y Tad Finnigan am y Mulliganiaid, yn enwedig pan welai gornel o do fflat newydd ei osod yn dechrau codi eto hefo'r llafn cyntaf o haul.

Pan oedd y Gweinidog yn cyrraedd yr adwy roedd y Tad Finnigan ar adael. Gwaeddodd gyfarchiad hynod o siriol i gyfeiriad y to fflat, '*T'is a good job you're doing. Yes indeed. The Good Lord will surely repay you.*' Ysgydwodd law yn anarferol o gynnes hefo Shamus, '*You're a true man o' God, Shamus O'Flaherty Mulligan. Yes indeed. And may the Lord have mercy on ye'r soul.*' Trodd at y Gweinidog i ategu'r ganmoliaeth yn ei Gymraeg Gwyddelig, arferol, 'Gŵr Duw yn ddiamau, Eilir

Thomas. Rwy'n mawr obeithio y bydd y Tad Sanctaidd yn ei ddyrchafu'n sant, ddydd a ddaw. Ond rhaid i chi fy esgusodi i, Eilir. Mae'r Esgob ar ei ffordd i Borth yr Aur.'

'Y Tad Finnigan mewn hwyliau da,' awgrymodd y Gweinidog, wedi clywed stori wahanol sawl tro o'r blaen – o'r ddwy ochr.

'Boi da, Bos,' ebe Shamus, yr un mor deyrngar. 'Medru dal 'i *lush*, ia. Basa Shamus yn lecio gweld fo'n *bishop*.'

'Wela' i,' ond heb dybio bod 'dal 'i *lush*' yn rhinwedd mewn esgob.

'A ma' 'ogiau Shamus am dechra mynd i *mass*.'

'Da iawn, wir.'

'Pan byddan nhw'n llai prysur, ia?'

'Ond deudwch i mi, Shamus – nid bod hynny'n ddim o fy musnas i – ond sut rydach chi'ch dau wedi mynd yn gymaint llawiau?'

'Shamus dim yn dallt chdi rŵan, Bos.'

'Gweld chi'ch dau yn fwy cyfeillgar nag arfar ro'n i. Y Tad Finnigan a chithau.'

'O! Gneith Shamus deud wrthach ti, ond i chdi stwffio o i fyny dy pen-ôl.'

'Ia?' ond heb wybod yn union beth oedd peth felly yn ei olygu.

''Ti'n gwbod capal hwnnw o'dd gin ti yn top mynydd?'

'Capal? Yn nhop y mynydd? Pa gapal?'

''Ti'n gwbod, Bos. Hwnnw hefo dyn da o'i blaen o, yn gneud dŵr.'

'O! Hwnnw dach chi'n feddwl?' a'r llun anffodus yn dod yn ôl i'r sgrîn. 'Robat Owan Eithinfynydd, hwnnw oedd y dyn oedd yn pasio . . . m . . . o blaid dirwest. Sardis! Sardis 'di enw'r capal.'

''Ti 'di ca'l *bull* tro cynta, Bos'.

'Ac nid fi sy piau fo. A pheth arall, ma'r capal hwnnw wedi bod ar werth ers hydoedd.'

'Ma' Shamus 'di prynu fo, cofia.'

'Be?'

Yn fuan wedi taith Cymdeithas Ddiwylliannol Capel y Cei i Gwm Oer bu rhaid dwyn yr achos yn Sardis i ben. Roedd yr adeilad – a wynebai'r tywydd drwg fel y gofgolofn a safai o'i flaen – wedi dechrau mynd â'i ben iddo ers tro byd. Aeth y peintio bob pum mlynedd, trwsio'r landerydd, adnewyddu coed y ffenestri a rhoi llechi yn eu holau bob gwanwyn yn ormod o gost i'r gweddill ffyddlon. Ar y dechrau, un rhwystr i werthu oedd fod Cadw – oherwydd cysylltiad hanesyddol 'Robat Owan' â'r lle – wedi deddfu y byddai rhaid cadw'r adeilad yn ei ffurf wreiddiol wedi'r gwerthiant, ac na chaniateid newidiadau i gorff yr adeilad. Oni bai am hynny byddai'r capel, mae'n debyg, wedi'i werthu am grocbris, dros nos, i ryw gymdeithas fynydda neu'i gilydd i'w droi'n ganolfan i gerddwyr. Un rhwystr arall, ond un llai hwyrach, oedd fod y gofgolofn i'w gwerthu gyda'r adeilad ac y byddai gofal o'r gofgolofn i'r dyfodol yn rhan o unrhyw bryniant.

'Wedi prynu'r capal?' holodd y Gweinidog mewn syndod.

'A'r boi piso, Bos.'

'Wn i. Ond i be?'

'Shamus dim yn lecio gweld capal chdi *in ruins*, ia? A hefo *backing* Tad Finnigan ma' 'ogiau fi am troi capal chdi'n *grotto*, a boi pasio dŵr yn *saint*. A ma' Uncle Jo McLaverty . . . 'Ti'n cofio fo, Bos?'

'Y . . . ydw. Ydw, mi dw i'n gofio fo.'

'Ma' fo am gyrru *pilgrims* yma o Connemara i gweld o'n pasio dŵr. A 'na nhw rhoi pres yn casgliad wedyn. Bydd o'n help i Yncl Jo i talu *parentals*.'

'Wel bydd, debyg,' ond yn rhyfeddu at y fath halogiad hunanol.

'Bydd rhaid i chdi, a Musus chdi, dŵad i' gweld o in *action*. Pan fydd y *bishop* 'di rhoi'i *blessing*.'

'Wel ia. Diolch am y gwahoddiad.'

'Cei di dŵad *buckshee* 'sti, Bos. Wrth ma' chdi oedd piau'r capal, *one time*.'

Nid Gweinidog Capel y Cei oedd piau Sardis. Mwy na'r un Sardis arall ar hyd a lled Cymru. Fe'i gwerthwyd gan yr enwad, yn ôl a ddeallodd Eilir yn nes ymlaen, i gwmni o'r enw *McLaverty Enterprises* o Ballinaboy yn y Connemara. Shamus a Kathleen, ei wraig, a arwyddodd y pryniant, heb ddatgelu mwy am y bwriad nag arwyddo cytundeb i gadw at yr amodau gwerthu. Ond yn ôl y sôn, roedd yna arian o Iwerddon tu ôl i'r fenter ynghyd â sêl bendith yr Eglwys Gatholig yn fyd–lydan.

Fe aeth hi'n fis Medi diweddar cyn i'r Gweinidog a'i wraig fentro i weld y gysegrfa newydd yng Nghwm Oer. Penderfynodd y ddau fynd yno ar eu stêm eu hunain yn hytrach nag ymuno ag un o'r teithiau swyddogol. Gydol yr haf, bu bysus Glanwern yn rhedeg gwasanaeth ôl a blaen o'r Cei at gapel Sardis a'r pererinion yn cyrchu yno wrth y cannoedd. Mae'n wir mai Gwyddelod o orllewin Iwerddon, a Chatholigion at hynny, oedd mwyfrif y cwsmeriaid ond roedd y rhwyd wedi'i thaenu'n llawer lletach na hynny. Erbyn hyn, yn ôl rhai o bobl Porth yr Aur a welodd y wyrth, roedd y busnes wedi'i ddatblygu i berffeithrwydd bron ac yn troi fel wats. Roedd y pecyn yn cynnwys nid yn unig y ffêr bỳs, addoliad wrth y gofgolofn, tro drwy'r groto – lle gwerthid Hufen Ia arbennig Cwm Oer, *The Cwm Oer Cream Ices*, a Wisgi'r Dirwestwr, *The Teetotal's Tot*, hefo llun 'Robat Owan', druan, ar fol y botel – ond brecwast Gwyddelig yn y Llew Du, yn ogystal.

Penderfynodd Ceinwen ac Eilir barcio'r car ar ychydig o godiad tir gyferbyn â'r capel a chymryd arnynt mai cerddwyr oeddynt hwythau, wedi cyrraedd yno yn eu car ac yn gwylio'r cyfan yn fwy o ran cywreinrwydd nag o fwriad. O'r fan honno, roedd hi'n bosibl gwylio'r cyfan heb fod yn rhan o'r bererindod. Yr unig ddrwg i Eilir oedd fod Ceinwen yn mynnu rhoi sylwebaeth ar bopeth a oedd yn digwydd, serch bod ei gŵr yn gweld popeth cyn gliried â hithau a'i fod yn teimlo'r un mor gondemniol.

Wedi i Shamus alw ar bawb, drwy gorn siarad digon cryglyd, i ymgynnull o gwmpas y ddelw daeth y Tad Finnigan ymlaen i egluro amcan y bererindod. Yna, wedi diosg ei feret, aeth ati i arwain y dyrfa mewn gweddi.

'Wel dyna i ti be ydi camddefnydd o weddi. Os bu camddefnydd erioed.'

'Wn i, Cein,' ond yn amharod i agor trafodaeth.

Yr act nesaf oedd Mulligan yn gosod ysgol ar frest 'Robat Owan' ac yna Mikey (neu Patrick), mewn gwenwisg, yn dringo'r ysgol honno, yn cario tebot lliw arian.

'Yli, Eil, ma'r trychfilyn bach 'na'n mynd i ben y gofeb.'

'Dydi hynny yn ddim byd newydd, Cein bach. Roedd dau ohonyn nhw ar sgwyddau Robat Owan y tro dwytha ro'n i yng Nghwm Oer . . . heb help yr un ystol.'

Wedi i Patrick (neu Mikey) sadio'i hun ar y ffon uchaf, camodd y Tad Finnigan ymlaen unwaith yn rhagor i alw ar y pererinion i ymdawelu'n ddyfnach, os yn bosibl, ac i eiriol am i'r wyrth o basio dŵr ddigwydd unwaith eto.

Ar amnaid oddi wrth 'Taid Shamus', tywalltodd y bychan debotiad o ddŵr tap i lawr corn gwddw 'Robat Owan' a gwneud hynny gyda chryn seremoni a chysidro'i oed.

'I be ar y ddaeaer ma' isio tywallt rwbath i lawr corn gwddw Robat Owan?' holodd Ceinwen heb ddeall nad oes deall i fod ar wyrthiau.

'Wel, er mwyn iddo fo ddŵad allan yn y pen arall 'te?'

'Sut?'

Yn sydyn, sylwodd un pererin mwy llygatgraff na'r gweddill fod y 'dyn da', chwedl Shamus, yn dechrau pasio dŵr a chynhyrfwyd y gynulleidfa. Dyrchafodd rhai eu breichiau i entrych nef mewn diolchgarwch, disgynnodd eraill ar eu penliniau i weddïo a thorrodd eraill allan i siantio salm-dôn Gregoraidd yn yr iaith Wyddelig.

'Welist ti'r fath baganiaeth yn dy ddydd?' arthiodd Ceinwen. 'Ma' isio gyrru'r Shamus Mulligan 'na i'r stanc.'

'Ond, Ceinwen, gwaed y merthyron ydi had yr eglwys. Poblogeiddio'r wyrth fydda hynny.'

'Gwyrth ddeudist ti?'

Wedi i 'Robat Owan' ddarfod pasio cymaint o ddŵr â phosibl, ac i rai o ferched Shamus fynd o gwmpas gyda'r blychau casglu, dychwelodd y tincer at y corn siarad i gymell y pererinion i fynd i mewn i'r groto a phrynu creiriau a fendithiwyd ymlaen llaw i gofio'r wyrth ac i ddiolch am iddi ddigwydd unwaith yn rhagor.

Ymhen hir a hwyr, dechreuodd y pererinion lusgo, yn ddeuoedd a thrioedd, heibio car y Gweinidog ac at y bỳs a oedd i'w cario ymlaen i'r Llew Du a'r brecwast Gwyddelig – amryw yn llyfu Hufen Ia Cwm Oer ac amryw wedi prynu'r Wisgi Dirwestol ac yn cario'r poteli mewn bagiau plastig â'r geiriau *'McLaverty Enterprise'* wedi'i lythrennu arnynt.

'Well inni'i troi hi, Ceinwen,' awgrymodd ei gŵr yn mynd ati i danio'r injian. 'Mi rydw i'n 'i theimlo hi'n oeri peth.'

'Druan o Robat Owan ddeuda i.'

'Ond dŵr oedd 'i bethau fo tra roedd o ar y ddaear. A hyd y gwela i, dŵr ydi'i bethau fo o hyd.'

Gwylltiodd Ceinwen, 'Fedri di ddim bod o ddifri ambell dro, Eilir Thomas?'

Y gwrthwyneb oedd y gwir. Ond ei unig ddihangfa pan oedd pethau yn ei wir frifo, ac yntau heb weledigaeth ar sut i'w hymladd, oedd chwilio am y palmant golau a cheisio cerdded hwnnw.

Wedi troi trwyn y car, cychwynnodd y ddau yn eu holau o ben y mynydd am y tir gwastad heb yngan odid air. Weithiau, mae geiriau'n annigonol.

3. *Y FESTRI BLASTIG*

'Oes yna unrhyw fatar arall?' holodd y Gweinidog ond yn mawr obeithio nad oedd.

Roedd y Cyfarfod Blaenoriaid, a alwyd yn unswydd i drafod cyflwr y festri, wedi gori ar y mater hwnnw am amser hir ond heb ddodwy dim ond wyau gorllyd.

'Wel dyna ni 'ta. Os nad oes gan neb weledigaeth ar y matar, mi gadawn ni hi yn fan'na am heno.'

'Ma' gin i un matar bach yr hoffwn i ddwyn ger ych bronnau chi,' ebe William Howarth yn bustachu i godi ar ei draed. O gario'r fath bwysau doedd hi ddim yn hawdd i'r Ymgymerwr godi nac eistedd heb strygl.

'Ydi o'n berthnasol i'r hyn sy gynnon ni ar droed?' gofynnodd y Gweinidog, fymryn yn siarp, yn orgyfarwydd ag arfer Howarth o godi hen grachod ar derfyn pwyllgor – a chael ei faen i'r wal yn amlach na pheidio.

'Wel, ydi . . . a nac ydi.'

'Wel, p'run?'

'*Don't dilly–dally*, William Howarth, cariad,' apeliodd Cecil. 'Ma' gin i *Hungarian Goulash* ar hannar toddi a dau *tatoo* ar hannar sychu,' ac aeth Cecil ymlaen i roi'r cyfeirnod grid, 'un ar gefn Miss Lala Mulligan, *just above the pants*. Ac un arall ar . . .'

Cododd y Gweinidog ei law i atal y tatŵydd rhag dinoethi

rhagor ar rai roedd ar hanner eu hincio. 'Dyna ni, Cecil. Mi awn ni yn 'n blaenau mor gyflym â phosib.'

'Dim ond trio'ch helpu chi ro'n i, siwgr,' yn siomedig o gael ei atal ar hanner brawddeg. *'From now on, it's between you and the* Brenin Mawr.' A thynnodd y torrwr gwalltiau ei gêp yn dynnach amdano wedi hanner digio.

'Os gnewch chi, Mistyr Howarth, egluro'n fyr be sgynnoch chi mewn golwg? Mae hi'n mynd yn hwyr, ac mi rydan ni wedi bod yma am dros awr a hannar fel ag y mae hi.'

'Wel, ma' amryw wedi fy atgoffa i, yn ddiweddar, 'mod i leni yn dathlu deugain mlynedd fel Blaenor gwerthfawr yng Nghapal y Cei.'

'*Doesn't he look well*,' sibrydodd Cecil a gwneud siâp wy â'i geg.

'Ac fel y gwyddoch chi, ma' hi'n arfar i anrhydeddu pobol am hir wasanaeth. Fel mae hi'n digwydd, ma' Cymdeithas Trefnwyr Angladdau Gwynedd wedi rhoi ambarél yn bresant imi – bythefnos yn ôl.'

'Buddiol iawn,' mentrodd y Gweinidog heb fod yn sicr iawn pa lwybr i'w gerdded yn wyneb y fath haerllugrwydd. 'Dw i'n siŵr ein bod ni i gyd yn falch iawn o glywad am y rhodd.'

Ond doedd William Howarth ddim wedi darfod eto. 'A meddwl ro'n i, na fydda'r capal ddim yn hoffi gweld yr achlysur yn mynd heibio heb iddo fo gael ei ddathlu mewn rhyw ffordd neu'i gilydd. Cofiwch, ffrindiau,' ychwanegodd, yn gelwyddog, 'does dim ymhellach o fy meddwl i na cha'l fy anrhydeddu am waith sy wrth fodd 'y nghalon i.'

'Cynnig fod William Howarth yn mynd allan tra byddwn i'n trafod 'i achos o,' meddai John Wyn, yr Ysgrifennydd, yn gignoeth fel arfer.

'Dyna ni 'ta,' ebe Howarth, yn rhwyfo'i ffordd allan yn anfoddog. 'Ond mi fydda' i wrth law os byddwch chi angan rhagor o fanylion, parthed dyddiadau ac yn y blaen.' (A doedd neb, ym Mhorth yr Aur i gyd, yn dweud 'parthed' ond John

James, y twrnai, a William Howarth.) 'A diolch i chi, un ac oll, am eich caredigrwydd imi.'

Wedi i William Howarth fynd ochr arall i'r drws aeth y Gweinidog a'r gweddill ati i drafod y cais. Rhannwyd y fyddin yn y fan.

Roedd John Wyn yn wynias yn erbyn, 'I be ma' isio rhoi pres pocad i ddyn fel'na?' holodd, yn ffyrnig. 'A fynta at 'i geseiliau mewn arian fel ag y mae hi.' Roedd hynny'n wir, mae'n debyg. 'Fo ddyla dalu i ni. O'r capal 'ma mae o'n ca'l y rhan fwya' o'i gwsmeriaid. Ma' nhw'n deud fod pobol dda'n marw'n gynt.'

Drwg John Wyn oedd ffrwydro ar ddim a rhoi gormod o baent ar bob brws. Yn ddiweddar – i wneud y pwll yn futrach fyth – roedd Howarth, drwy gamgymeriad, wedi gyrru dau fil i'r Ysgrifennydd am gladdu modryb iddo a hithau ddim ond wedi marw unwaith.

'Dydi hyn'na ddim yn deg,' anghytunodd Dwynwen, yr ieuengaf o'r Blaenoriaid a'r mwyaf grasol o'r saith. 'Nid sôn am dalu am wasanaeth rydan ni ond ystyried sut i ddangos gwerthfawrogiad. Ma' hynny'n wahanol. Fy nheimlad i, Eilir, ydi y dylan ni ddathlu'r achlysur mewn rhyw fodd neu'i gilydd. A dw i am gynnig hynny.'

Amharod iawn oedd Meri Morris – gwraig ffarm, yr un mor ofalus o'r geiniog yn y capel ag yr oedd hi yn ei chartref – i fynd i unrhyw gostau lle roedd Howarth yn y cwestiwn ac ofn Meri oedd i'r achlysur wneud mwy o ddrwg nag o les. 'Meddwl am Lloyd George dw i, Mistyr Thomas.'

'Lloyd George?' holodd y Gweinidog mewn dryswch meddwl. 'Pam Lloyd George?'

'Nid y Lloyd George hwnnw fuo yn y senadd.'

'O! Deudwch chi.'

'Na, y cwrcath 'cw. Dyna 'di enw fo, ylwch. Y fo, am wn i, ydi tad y rhan fwya o gathod y dre 'ma.'

'Ond trafod cais William Howarth rydan ni ar hyn o bryd, Meri Morris.'

'Dyna pam dw i'n meddwl am Lloyd George, ylwch.'

'Wela i,' ond y cysylltiad rhwng Howarth a'r gath yn ddirgelwch llwyr iddo.

'Dw i wedi sylwi,' eglurodd Meri, 'os rho'i lefrith i Lloyd George ddalith o'r un lygodan wedyn. Gadal y sosar yn wag bydda i ac mi ddalith lygod wrth y lluoedd.' (Ac roedd yna sôn fod Llawr Dyrnu yn lle go galed i ddyn ac anifail.) 'Ac os anrhegwn ni William Howarth am 'i lafur beryg ma' mynd i orffwys mwy ar 'i rwyfau neith yntau. Dydi o'n gneud digon chydig fel ag y mae hi. Hwyrach ma' rhoi dim yn 'i sosar o fasa'r doetha.'

Wedi chwarter awr arall o droi'n wag, mynnoddd y Gweinidog bod rhaid iddynt ddangos eu hochr, y naill ffordd neu'r llall; ar ddiwedd y dydd, roedd tri o'r Blaenoriaid o blaid – Dwynwen, Cecil Humphreys ac Owen Gillespie; Meri Morris, hanner o blaid a hanner yn erbyn; John Wyn yn ffyrnig wrthwynebus ac Ifan Jones, yr hen ffarmwr, fel arfer heb lawn glywed y cwestiwn.

Wedi llwyddo i gael math o fwyafrif, un sigledig mae'n wir, fe gymrodd hi chwarter awr arall iddyn nhw benderfynu ar y dull o weithredu.

'Fydda dim gwell inni fynd ar ofyn aelodau'r eglwys?' awgrymodd Meri Morris – i osgoi rhoi llefrith yn soser Howarth. 'Tasa ni'n mynd rownd o dŷ i dŷ i ofyn am roddion hwyrach y caem ni chydig o arian gwynion.'

'Ewch chi, Meri Morris, o dŷ i dŷ i fegio am bres pocad iddo fo?' arthiodd John Wyn yn frwnt. 'Achos 'da i ddim.'

''Fydda i'n gorfod mynd rownd i hel pres llefrith,' taniodd Meri'n ôl, 'pan fydd amball gwsmar yn prynu dim ond hanner peint – a hwnnw'n llaeth sgim ar ben hynny.' A llaeth sgim, y botelaid leiaf mae'n debyg, oedd ordor ddyddiol John Wyn a'i wraig.

O weld y cwch yn llusgo'i angor ceisiodd y Gweinidog ei gael yn ôl i dir, 'Dw i'n meddwl ein bod ni i gyd yn cytuno, mai nid rhodd ariannol sy'n addas yn yr achos yma. Fy nheimlad i ydi, ma' ca'l math o gyfarfod cyhoeddus fydda orau, i'r aelodau'n unig deudwch, a chyflwyno rhodd seml i Mistyr Howarth fel arwydd yn unig o'n gwerthfawrogiad o'i lafur a'n parch ninnau tuag ato.' Ac roedd y Gweinidog yn medru rhagrithio. 'Dowch â'ch syniadau'n reit gyflym,' apeliodd, 'ma'r cloc yn carlamu mlaen.'

'Am roi cloc yn bresant i Howarth ydach chi?' holodd Ifan Jones, wedi clywed yr apêl ond yn ei chamddehongli. 'I be rhowch chi gloc iddo fo? Does gin dyn fel'na ddigon o glociau fel ag y mae hi. A deud yr un amsar ma' pob cloc. Wel, os na fydd o'n ffastio ne'n slofi. Dwn i ddim i be rhowch chi gloc i'r dyn.'

Chwalodd maen-sbring y 'Tebot Pinc' yn grybibion ulw, '*Farmer* Jones, blodyn,' brathodd, yn gwasgu pob cytsain, 'lle ma'ch *thing-me-jig* clywad chi?'

'Lle ma' pwy?'

Aeth Cecil at dwll clust yr hen ŵr a gweiddi'r cwestiwn arferol drwy'r blew, 'Lle ma'ch *thing* clywad chi, *Farmer* Jones?'

'O holi am hwnnw 'dach chi?' ebe Ifan, yn hamddenol, 'Dydi o yn 'y mhocad i, fel bob amsar. Fan'no bydda i'n arfar â'i gadw fo.'

'A lle ma'ch sbectol chi, *Farmer* Jones? Yn ych trôns chi?'

'Yn y nhrôns i, ddeutsoch chi? Na, yn y bocad arall ma' honno.'

'Wel rhowch y peth clywad yn ych clust 'ta. I chi ga'l clywad be ma' 'nghariad i'n drio ddeud.'

Roedd yn gas gan Eilir glywed 'y Siswrn' – fel y'i gelwid yn ei gefn – yn ei anwylo'n gyhoeddus gyda'i 'cariad' a 'siwgr', a mwy mynwesol na hynny ar dro, ond roedd yn fwy garw ganddo glywed yr hen Ifan Jones yn cael ei drin fel petai'n blentyn teirblwydd. Ond serch hynny, gwyddai'r Gweinidog nad oedd neb ym Mhorth yr Aur i gyd yn garedicach wrtho na Cecil – yn ei gario'n ôl a blaen i gyfarfodydd ac yn danfon cinio poeth iddo bob dydd o'r Tebot Pinc heb godi ffadan benni am y gymwynas.

Wedi i Ifan Jones gael pethau i drefn, a lladd y wich, a deall nad oedd Howarth i gael cloc arall, daeth â'i gynnig gerbron – ond bod hwnnw'n un o oes yr arth a'r blaidd. 'Dw i'n cofio pan o'n i'n byw yn y wlad, Mistar Thomas, Miss Jones Tŷ Capal yn ca'l 'i phresentio am chwarae'r organ am ddeugain mlynadd.'

'Ia?'

'Ac roedd hi'n anodd iawn inni wybod be i roi i Miss Jones. Dynas agos iawn i'w lle oedd Miss Jones ond bod hi'n arw am ddynion, gwaetha'r modd.'

'Os cawn ni glywad ych cynnig chi, Ifan Jones?' cymhellodd y Gweinidog, wedi clywed am rinweddau, neu'n hytrach ddiffyg rhinweddau, 'Miss Jones Tŷ Capal', sawl tro o'r blaen. Ond chlywodd yr hen ŵr mo'r awgrym.

'Miss Jones efar-redi fydda pawb yn 'i galw hi. Fydda hi ddim yn ddiogal i'r un pregethwr fynd ati hi i de ond welsoch chi neb tebyg iddi am gyfeilio i gorau meibion.'

'Ifan Jones, cariad,' bloeddiodd Cecil drwy'r un blew clust, *for heaven's sake, put Miss Jones back to bed*. I ni ga'l mynd adra.'

'Wel i fod yn gryno – fel y ma' Cecil Humphreys yn pwyso arna' i – fframio'r Deg Gorchymyn neuthon ni i Miss Jones, a rhoi'r seithfad, "Na odineba", mewn inc coch. Glywis i fwy nag un gwnidog yn deud bod y pictiwr yn ddigon o ryfeddod wrth edrach arno fo dros draed y gwely.' Am foment, daliodd Eilir ei hun yn dyfalu pwy oedd y gweindogion hynny a fu'n darllen y Deg Gorchymyn oddi ar eu gorwedd. 'A rhyw feddwl ro'n i, Mistar Thomas,' ychwanegodd yr hen ŵr, 'y basa hi'n bosib' fframio rwbath tebyg i Howarth. Dim ond cynnig blêr fel'na. A diolch i chi am fy ngwrando i.'

Aeth cynnig yr hen Ifan allan o'r stesion hefo'r trên cyntaf. Cecil a gafodd hyd i ddrws ymwared. Plygodd ymlaen yn sent i gyd, estyn llaw fodrwyog allan a chyffwrdd yn dyner yn llaw ei Weinidog, nes bod ias o annifyrrwch yn cerdded meingefn hwnnw, '*Can I make a suggestion, dear?*'

'Cewch,' a chymryd ei law yn ôl.

'Hefo'ch caniatâd chi, siwgr, *I'll do the honours.*'

'Sut?'

'Mi drefna i *buffet,* yn y festri, i Mistyr Howarth *and his good lady.*' Dechreuodd pawb fywiogi o glywed am y syniad a phlygu ymlaen i wrando'n fwy astud. 'Wyddoch chi, *just a few nibbles: tartlets, quickelets and so on.*'

Dechreuodd y fyddin rannu unwaith eto. 'Pwy sy'n mynd i gwcio geriach fel'na?' holodd John Wyn, yn neidio'r gwn. 'Heb sôn am ga'l amsar i ddysgu sut i ddeud 'u henwau nhw. Er mwyn inni fedru gofyn amdanyn nhw wedyn.'

'Mistyr Wyn, cariad,' eglurodd Cecil, 'mi fydda' i wedi paratoi popeth *before hand*, a neith o ddim costio dim i'r capal, *not a sausage.*'

Yn wyneb y fath haelioni, dechreuodd gweddill y Blaenoriaid gynhesu at y cynnig ac addo helpu.

'Dw i'n siŵr y bydd rhai ohonon ni'r merched yn fodlon estyn y llestri allan, a chlirio wedyn,' cynigiodd Dwynwen.

'Mi ro' innau'r llefrith,' addawodd Meri Morris. 'Waeth i rywun 'i roi o am ddim y dyddiau yma, mwy na pheidio, achos does fawr ddim i' ga'l amdano fo.'

'Be am Lloyd George?' mwmiodd John Wyn, yn talu pwyth yn ôl.

'Mi weddïa innau,' ebe Owen Gillespie gyda'i dduwioldeb arferol. 'Gweddïo y bydd y cyfan yn dderbyniol ac yn gymeradwy yn ei olwg O,' a phwyntio at y nenfwd.

'Diolch i chi, Mistyr Gillespie. Mi rydan ni i gyd yn gwerthfawrogi hynny.' Roedd Eilir yn fawr ei edmygedd ohono er na allai gytuno â'i ddiwinyddiaeth ar bob achlysur. 'Fel rydan ni, wrth gwrs, yn gwerthfawrogi haelioni arferol Cecil Humphreys.'

Wedi i Owen Gillespie roi dimensiwn uwch i bethau fe laddwyd pob awydd i drafod ymhellach. 'Dyna ni 'ta. Cyn inni derfynu, hefo gair o weddi, be am alw Mistyr Howarth yn ôl i ni ga'l disgyn ar ddyddiad fydd yn hwylus iddo fo? Os gnewch chi, Meri Morris, alw arno fo?'

Wrth i Meri dynnu'r drws tuag ati syrthiodd William Howarth i'w breichiau fel sach o datws, yn dal yn ei ddauddwbl; wedi clywed y cyfan drwy'r twll clo, y melys a'r chwerw, ond yn amlwg falch o'r addewid am y pryd bys a bawd a drefnwyd ar ei gyfer.

* * *

Bore Llun, bythefnos wedi'r cyfarfod Blaenoriaid, roedd Harold Stone *Dip. Arch.* wedi cyrraedd Capel y Cei o flaen y ddirprwyaeth. Cerddai'n ôl a blaen, fel llew mewn caets, ac injian ei *BMW* moethus yn pincian oeri ar y llain tarmac yn ffrynt y capel wedi'r daith gyflym o Gaerdydd y bore hwnnw. Gŵr main, tywyll ei bryd oedd Swyddog Eiddo yr enwad gyda Clark Gable o fwstas uwchben ei wefus. I Harold Stone *Dip. Arch.*, gyda'r holl gapeli yn disgyn o amgylch ei glustiau, roedd prydlondeb yn anadl einioes.

Yn annisgwyl iawn, Jac Black o bawb oedd y cyntaf i landio a hynny hefo bang. Clywodd Harold Stone, fel y tybiai, sŵn helicopter yn hedfan yn anghymdeithasol o isel a chododd ei ben i sganio'r awyr; y peth nesaf a welodd oedd Jac yn parcio'i *Suzuki* hynafol yn annoeth o agos i'r *BMW*. Wrth farw, gollyngodd y *Suzuki* ergyd gwn ac am eiliad neu ddau cuddiwyd y Swyddog Eiddo mewn cwmwl o fwg melynwyn, afiach.

'Shwmai?' holodd, wedi cael ei hun allan o'r cwmwl. 'Ma' randibw 'da ti!'

'Nagoes tad,' atebodd Jac yn tybio fod hwnnw'n cyferio at y beic. 'Jacwsi 'di hwn, ylwch.'

'*Suzuki* 'ti'n feddwl.'

'Diawl, dyna ddeudis i 'te. Dach chi ddim yn clywad ne' rwbath?'

Penderfynodd Harold ddweud dim. Pan fydd capeli'n

disgyn yn garneddi o gwmpas traed rhywun all yr un Swyddog Adeiladau fforddio i afradu geiriau.

Y rhai nesaf i gyrraedd oedd Meri Morris a'r Gweinidog; Eilir wedi penderfynu cerdded, ac fel arfer wedi'i gadael hi'n ddiweddar cyn cychwyn, a Meri wedi'i godi a rhoi reid iddo yn ffrynt y pic-yp ar ddiwedd y rownd lefrith. Daeth y *Daihatsu* bregus i stop o fewn hyd sws i bympar ôl y *BMW* ac am yr eildro'r bore hwnnw aeth Harold, fel Moses gynt, i mewn i gwmwl. Wedi pesychu'i hun allan o'r ail gwmwl mentrodd ddau 'shwmai' arall i gyfeiriad Meri a'r Gweinidog.

Daliodd Eilir ar y Swyddog Eiddo yn craffu ar Meri Morris ac yn hanner ffroeni'r awyr yr un pryd. Dyn dinesig oedd Harold Stone: siwt dywyll, crys gwyn a thei fymryn yn siriolach i gael y gwrthgyferbyniad. Rhwng codi i odro a gweithio'r rownd lefrith, doedd gan Meri mo'r amser, na'r amynedd, i newid ar gyfer pwyllgor capel: yr hen gap gwau arferol, jyrsi wlân dyllog a'i llewys wedi'u torchi at y penelinoedd, trowsus melfaréd wedi gwynnu o'i orolchi ac yn grwn yn ei ben-gliniau a phâr o welingtons llawer rhy fawr hefo strempan o faw gwartheg yn gacen ffres ar hyd eu cefnau.

Yr olaf i gyrraedd oedd Fred Phillips, yr adeiladydd, yn ei *Jeep Cherokee 2.5 Sport* a John Wyn, gingronllyd, yn gyddeithiwr iddo; John Wyn mewn siwt a Fred mewn crys T, *'Bob the Builder'* ar draws ei frest a chap besbol, tywyll ei liw, yn isel dros ei dalcen. Parciodd Phillips y cerbyd gyda'r gofal mwyaf.

Wrth gyflwyno'r ddirprwyaeth i Harold Stone, eglurodd y Gweinidog fod John Wyn yno fel Ysgrifennydd y capel, Meri Morris yn cynrychioli'r Blaenoriaid (am nad oedd neb arall ar gael), Fred Phillips yno fel Cadeirydd y Pwyllgor Adeiladau, a gŵr o farn, a Jac Black wedi'i gonsgriptio i fod yn bresennol am ei fod yn ofalwr y capel ac mai ef a sylwodd ar y pydredd yn y lle cyntaf. Yr hyn a oedd yn ddoniol, serch difrifoldeb y sefyllfa, oedd i'r *'Dip. Arch.'* gymryd at Jac, fel cath at lefrith, ar ddechrau'r trafodaethau.

Wrth gerdded i lawr yr ail, a chynllun o'r festri yn ei law, edrychai'r Swyddog Eiddo yma ac acw ar hyd a lled y nenfwd rhag ofn fod y to'n gollwng dŵr ac mai dyna wraidd yr helynt.

'Pryd ca's yr adeilad hyn 'i gwnnu?' holodd Harold yn troi at Jac, ei efaill newydd.

'Pryd cafodd o'i chwynnu dach chi'n ofyn? Diawl, fydda i ddim'n chwynnu lle fel hyn. Dim ond sgubo rhyw fymryn, pan fydd baw yn dechrau hel.'

'Gofyn pryd codwyd y lle dach chi?' ebe'r Gweinidog. 'Dechrau'r hen ganrif. Fydd yn gant oed ymhen rhyw dair blynedd dw i'n credu.'

'Sa i'n gweld problem dach chi 'da'r to.' Taflodd gip amgylch-ogylch. 'Yn gyffredinol, ma' fe'n shgwl yn lanweth iawn dach chi.'

Dyna'r foment y taflodd Fred Phillips huddug i'r potas, 'Fel bildar, hefo dipyn o brofiad tu cefn, dw i'n credu mewn rhoi llyfiad o baent i le fel hyn reit amal.'

'Gwd.'

'Dew, fydda' i'n gweld côt o baent yn cuddio beiau lawar.'

Safodd Harold Stone 'ar untroed oediog', fel 'Llwynog' chwedlonol Williams Parry, a mynd yn ffyrnig welw, 'Smo chi'n cwato gwendide, frawd. Chi'n cywiro nhw, yn gloi he'd.' Ysgydwodd fys rhybuddiol i gyfeiriad yr adeiladydd, 'Carcus nawr, ne' bydda i'n riporto chi i'r *Health and Safety*.'

Wedi cyrraedd at ochr y llwyfan, lle roedd drws yn agor i'r gegin, safodd y pwyllgor.

'Jac,' ebe'r *Dip. Arch.*, yn mynd yn llai ffurfiol fesul anadliad, 'licen i ti weud wrtho i ymhle'n gwmws ma'r madredd?'

'Lle ma' pwy?'

'Y shrwmps ti 'di gweld.'

'Y drei-rot,' eglurodd y Gweinidog i Jac. 'Hynny ydi, os ma' dyna ydi o.'

'O! am hwnnw ma'r boi'n holi,' a throi at y Swyddog. 'Rŵan, os drychwch chi i'r gongl ucha 'na, mi gwelwch o. Mae o fel masharŵm mawr.'

'A! 'Na fe. Lan 'co. Cystal i fi fyn' lan i ga'l pip fach. Jac, os ysgol dach chi 'ma?'

'Ysgolion? Diawl oes. Dwy neu dair. Ma' gynnoch chi hen ysgol y Cownti a'r ysgol newydd . . .'

'Chwilio am ystol mae o, Jac,' eglurodd y Gweinidog, eilwaith.

'Diawl, pam na ddeudith o hynny 'ta? Mi bicia' i nôl un i chi, os gnewch chi ddal ych dŵr am funud.'

Wedi i Jac osod yr ysgol aliwminiwm yn erbyn y pared, yn llawer rhy gefnsyth i fod yn ddiogel fel y tybiai Eilir, cafodd Harold drafferth i gychwyn dringo. Trodd at ei ffrind, 'Grondo nawr, hwpa fi lan, gwboi.'

Wrth weld Jac yn sefyll yn ei unfan, rhuthrodd amryw ymlaen i gychwyn Harold ar ei daith. Ond o deimlo'r ysgol ansad yn bygwth codi oddi wrth y pared unwaith neu ddwy, daeth y Swyddog Eiddo i lawr yn gynt nag yr aeth 'lan' a dweud yn wyllt, 'Ma'r sefyllfa'n seriws. Sdim dou ymbytu'r peth.'

Cydiodd ym mhen ysgwydd Jac Black a phwyntio, 'Y bancosen welest ti lan 'co, na'r *serpula lacrymans*. Wy am iti gau'r adeilad hyn, chwap.'

'Y?'

Cythrodd Harold Stone i'r bag lledr a oedd wrth ei draed, ei agor ar hast a thynnu allan fath o fasg. Wedi rhoi'r masg dros ei ben, a'i gael i warchod ei geg a'i drwyn, dechreuodd lefaru drwy hwnnw, "Wy am inni i gyd fynd ma's mor gloi â phosib.'

Aeth Jac ati'n hamddenol i gydio yn yr ysgol aliwminiwm er mwyn mynd â hi i'w chadw ond daeth bloedd drwy'r mwgwd, 'Ma's.'

'Y?'

'Allan!'

Wedi i'r ddirprwyaeth ailymgynnull tu allan i'r capel eglurodd y Swyddog Adeiladau mai pydredd sych oedd y drwg a'i fod yn fwy na thebyg wedi cerdded, wedi rhedeg yn wir, yn llawer pellach na'r hyn a oedd yn y golwg. Wedi diosg y masg a'i gadw, tynnodd botel allan o'r bag ag ynddi hylif coch, pinsiodd ei drwyn rhwng ei fys a'i fawd, agor ei geg a rhoi chwystrelliad i lawr ei gorn gwddw – rhag i'r hyn a anadlodd yn y festri gerdded ymhellach i lawr y lôn goch. Yna, eglurodd nad oedd ganddo, yn unol â Deddf Iechyd a Diogelwch 1974, ddim dewis ond gorchymyn cau'r festri yr eiliad honno, selio'r ystafell, a defnyddio'r capel yn unig hyd nes y byddai ffyrm o adeiladwyr proffesiynol wedi cael golwg ar y lle.

O weld gobaith am waith, neidiodd Fred Phillips i'r adwy. Roedd pydredd sych yn un o'i gymwynaswyr gorau. 'Taro i 'meddwl i rŵan,' meddai'n hamddenol, 'wrth 'mod i mor ffond o'r capal 'ma,' ac roedd hynny'n anwiredd, 'hwyrach basa'r hogiau 'cw a finnau'n medru ca'l golwg ar y job i chi.'

'Pa mor gloi?'

'Sut?'

'Pa mor fuan?'

'O! Gofyn pryd medrwn ni ddechrau dach chi? Wel . . . m . . .'

'Os ydach chi am roi'r job i Phillips ma,' chwyrnodd John Wyn, 'mi fydd yn wanwyn ar ôl y nesa'. Does gin i gorn simdda mae o wedi addo smentio rownd 'i fôn o imi ers pedair blynedd.' Yna, ychwanegodd gyda'i ormodiaith arferol, 'Pan fydd hi'n dywydd gwlyb, dydi Lisi 'cw a finnau'n gorfod cysgu â phwcedi ar ein brestiau'.

Ond, gyda phydredd sych yn bla cenedlaethol drwy gapeli a festrioedd, doedd gan Harold Stone *Dip. Arch.* mo'r amser i wleidydda ar lefel leol. Mater i'r Ymddiriedolwyr oedd hynny. Cychwynnodd i gyfeiriad y car a chyfarth o'i ôl, ''Wy'n myn' i ga'l gair 'da'r Cownsil, nawr.' Lluchiodd ei fag lledr i'r sedd gefn a chodi'i law, 'Dydd da, Jac. Wela i ti rwbryd 'to.'

'Yr un peth i chithau.'

Llithrodd y *BMW* i lawr i gyfeiriad y dref, ei injian yn troi mor llyfn â Rolex a heb ollwng odid flewyn o fwg drwg o'i egsost. Wedi i'r car fynd o'r golwg, trodd Meri Morris at y

Gweinidog a holi'n bryderus, 'Ond be ddaw o swpar William Howarth?'

John Wyn a atebodd, dros bawb, 'Geith William Howarth fynd i ganu.'

* * *

'Sweetie-pie!'

Trodd y Gweinidog ei ben i weld Cecil Humphreys yn sefyll yn nrws y Tebot Pinc, yn ei ffedog wen a honno'n debotiau bach pinc i gyd.

'O! Chi sy'na, Cecil?' a cheisio swnio fel petai wedi gweld yr Wyddfa am y tro cyntaf. Ei arfer oedd sleifio heibio mor dinfain â phosibl ond, yn amlach na pheidio, byddai Cecil wedi'i weld o bell ac yna yn ei gyfarch yn uchel, ferchetaidd yng nghlyw llond stryd o bobl.

'Dowch i mewn, cariad. *Just for a wee second.*'

'Prysur ydw i, Cecil.'

'*Aren't we all?*' meddai hwnnw. 'Ond ma' gynnoch chi amsar i mi dw i'n siŵr.'

Wedi i Eilir gamu i mewn i'r Tebot, cafodd ei dywys gerfydd ei arddwrn at un o'r byrddau i ddau. Yn anffodus i'r Gweinidog roedd y lle'n rhwydd lawn a gwyddai fod y cwsmeriaid i gyd yn gwylio'r olygfa honno ac yn nodio'n awgrymog ar ei gilydd.

'Deirdre, *dear!*' gwaeddodd ar draws y byrddau, 'un *cappuchino* poeth i 'Ngwnidog i!'

'Ond Cecil, dim ond newydd ga'l panad ydw i, ar ôl cinio.'

'Ac un *prawn sandwich.*'

'Ond fedra i ddim.'

Plygodd Cecil ymlaen i wynt ei Weinidog a phwysleisio pob gair, 'Medrwch, siwgr. Ac mi newch.' A'r un oedd yr wrthddadl bob tro, 'Rhaid i chi fyta, cariad, i chi ga'l mynd yn hogyn mawr. Rŵan, Mistyr Thomas,' a dechreuodd y torrwr gwalltiau siarad donfedd yn is, 'dw i wedi'ch galw chi i mewn i mi ga'l *tête-à-tête* bach hefo chi.'

'Ia?'

'Yn gynta, dach chi'n meddwl y bydda Mistyr Howarth yn lecio *crème brûlée* fel *dessert?*'

Bu bron i'r Gweinidog fynd yn wallgo, am iddo gael ei bigo oddi ar y stryd i drafod pwnc mor arwynebol ac un na wyddai ddim amdano. Penderfynodd ateb yn gadarnhaol i gael claddu'r drafodaeth yn y fan, 'Bydda. Bydda, mi fydd wrth 'i fodd. Does dim sy'n well gin William Howarth na . . . na be bynnag dach chi'n 'i alw fo. Mi fasa'n byta'r peth i frecwast, cinio, te a swper tasa fo'n ca'l.'

'*Crème brûlée it'll be,*' atebodd y Siswrn wedi'i blesio'n fawr.

Ar hynny, daeth y 'Deirdre' y gwaeddwyd arni at y bwrdd yn cario mygiad o *cappuchino* ffrothlyd yn un llaw ac yn y llaw arall blat cinio ac arno dorth o fredchan drillawr gyda dogn helaeth o salad rownd ei godreuon.

'Cinio chdi, Bos.'

'Diolch,' ond ddim yn teimlo'n ddiolchgar o weld y fath gruglwyth o'i flaen.

'Musus chdi'n iawn?'

'Y . . . ydi.'

'Byddi di isio sôs, Bos?'

'Na. Na, ma' gin i ddigon ar y plat fel ag y mae hi.'

'Ddim ond i chdi rhoi showt, ia?'

'Oeddach chi'n 'i nabod hi, Mistyr Thomas?' holodd Cecil wedi i Deirdre fynd i bellter y cownter.

'Un o ferched Shamus Mulligan?'

'*Right suit, wrong trumps.* Merch Nuala. Shamus yn daid iddi.'

'Hogan glên beth bynnag.'

'Pymthag Mistyr Thomas bach, ond . . . m,' a gwthio'i dafod i'w foch, '*you know the breed?*'

Wedi bwyta cegiad o'r frechdan daeth i feddwl Eilir na fyddai paratoi pwdin i Howarth yn ddim ond gwastraff ar fwyd. 'Ond, Cecil, fedrwn ni ddim anrhydeddu Mistyr Howarth.'

'*Come again.*'

'Wel, fel y gwyddoch chi, ma'r festri wedi'i chondemnio. Felly, fedrwn ni ddim paratoi swper i'w anrhydeddu o. Wel, ddim ar hyn o bryd, beth bynnag.'

Daeth gwên i wyneb Cecil, gwên un yn gwybod yn well. Plygodd ymlaen dros y *cappuchino* ac i wyneb y Gweinidog, 'Ma' popeth *in hand*, Mistyr Thomas, cariad.'

'Sut?'

'Rŵan, babi dol. Wedi ichi fyta'r frechdan 'na i gyd, bob tamad, dw i isio i chi fynd yn syth o fa'ma, *after being to the toilet*, i weld Mistyr Mulligan.'

'I weld Shamus Mulligan?'

Dechreuodd Cecil sibrwd drwy'r sent, 'Dach chi'n gwbod siwgr, 'i fod o'n heirio *marquees* allan.'

'Na.'

'*He does indeed.* Ar gyfar cnebrynau . . . *and dances and so on.*'

'Ond, Cecil, fedrwn ni ddim defnyddio peth felly.'

Gwasgodd Cecil law ei Weinidog a'i atal, '*Listen to Cecil*, cariad. Ma' na ddigon o le yng nghefn y capal yn does? I godi *one marquee?*'

'Oes.'

'*So* mi all Mistyr Howarth, 'ngwas i, ga'l 'i barti *after all*. Rŵan, mi rydw i wedi holi Mistyr Mulligan am un dent, *large size*. Ond mi leciwn i chi, cariad, fynd i ga'l gair bach hefo fo – *just* i neud yn siŵr.'

Yn rhagluniaethol i Cecil – neu fod y peth wedi'i ragdrefnu – daeth un o'r merched torri gwallt i'r bwlch stribedi plastig a wahanai'r Tebot Pinc oddi wrth y Siswrn Cecil*'s Scissors* a'r parlwr tatŵio, a gweiddi arno, 'Ses!'

'*Yes*, Jasmine?'

'Ma' Musus Nailor yn barod am 'i *foot massage.*'

'*Coming.*'

A gadawyd y Gweinidog yn ei wendid, yn stryglo i fwyta'r

frechdan deirllawr a'r baich bwyd cwningen ac, fel arfer, i dalu yn nes ymlaen am fwyd nad oedd wedi'i ordro.

* * *

Pan gamodd Eilir i mewn i garafán lanwaith Shamus a Kathleen Mulligan ar ben y Morfa Mawr roedd hi'n draed yn fan honno hefyd. Eisteddai Kathleen ar gadair lydan, ei sgert wedi'i rowlio i fyny at ei chliniau ac un droed iddi mewn dysgl o ddŵr poeth a hwnnw, fel y *cappuchino*, yn ffroth i gyd. Wrth ei thraed, ar stôl isel, eisteddai'i gŵr gyda siswrn, miniog yr olwg, rhwng ei ddwylo.

''Ti sy'na, Bos?' holodd yn ddigynnwrf. 'Neis gweld chdi, ia? Shamus ofn trw'i tin ma' Tad Finnigan o'dd 'na. Yn hel pres bingo.'

Ond roedd Kathleeen yn llawer mwy cythryblus, yn annifyr o feddwl bod yr 'offeiriad' wedi'i dal â'i llorpiau i gyd yn y golwg.

'*Ye must pardon me Father*,' ac yn rowlio'i sgert at i lawr. '*T'ese days I can't bend to cut me nails like .*'

Doedd Eilir ddim yn synnu at hynny chwaith. Roedd yna fynydd o fol pengrwn rhwng y pen a'r traed er i Kathleen ennill ar slimio yng nghlwb colli pwysau'r capel rai blynyddoedd yn ôl.

'Ma' gwinadd fo wedi mynd yn calad, Bos bach. Fath â roc, ia? A pan bydd Shamus yn torri nhw hefo *scissors*,' a chodi hwnnw i fyny, 'ma' *bits* yn mynd i pob man. 'Ti'n gwbod be, Bos? Un tro, cafodd Shamus hyd i un *bit* yn 'i *corn flakes* o, amsar brecwast.'

'*Ya shouldn't say things like t'at, Shamus Mulligan*', meddai hithau yn prysur sychu y droed wleb gyda thywel ac yn cywilyddio.

'*But t'is the honest truth I'm telling him Kat'leen,*' atebodd yntau. '*And I swallowed it at that. Indeed I did.*' Pan siaradai y ddau hefo'i gilydd roedd ei Saesneg Gwyddelig yn fwy Gwyddelig fyth.

'Gwranda, Bos?' apeliodd Shamus, 'nei di edrach ffor' arall rownd am *second?*

'M . . . gnaf.'

'I fi rhoi'i teits o'n ôl tros 'i tin o.'

Pan oedd Shamus yn bustachu i gael y ddwygoes yn ôl i'w lle edrychodd y Gweinidog amgylch-ogylch y garafán i guddio'i annifyrrwch, a'r tincer yn tuchan wrth y gwaith, *'Ya must breathe in Kat'leen . . . or let some wind out. Or, honest to God, I can't pull t'is thing over ye'r bum.'*

Wrth edrych o gwmpas, sylwodd Eilir fod llun wyneb y Tad Finnigan ar y chwith i'r lle tân – a wasanaethai fel bwrdd darts i 'Taid Shamus' a'i wyrion – yn fwy o blorod nag erioed a bod llun o'r Pab presennol, a oedd ar y dde iddo, yn prysur ddal yr un clwy. Serch hynny, roedd y garafán eang yn ddelwau i gyd, gyda math o groto i'r Forwyn Fair yn un gongl.

Wedi cael ei llawn wisgo roedd Kathleen Mulligan yn dra awyddus i ymadael, a hynny cyn gynted â phosibl, ond ddim heb ddangos ei chroeso arferol i'r un a ystyriai hi'n offeiriad. Roedd y lleianod a'i dysgodd am amser anghyfreithlon o fyr yn un o ysgolion cynradd Connemara wedi anghofio crybwyll wrthi fod yna Ddiwygiad Protestannaidd wedi digwydd.

'Father, can I offer ya a wee drop of Uncle Jo's Poteen, just to carry ye home, like? We've just had a fresh delivery, t'is morning.'

'Ddim diolch,' yn gwybod fod oglau corcyn y ddiod honno'n ddigon i yrru dyn ar wastad ei gefn.

''Twill surely do ye good, Father. 'Twill indeed.'

'Na. Ond diolch i chi am y cynnig yr un fath.'

Wedi cael cefn Kathleen, ac i osgoi rhagor o droi'n wag, aeth Eilir ati i egluro fel y bu iddo alw yn y Tebot Pinc, a chyfarfod â Deirdre, ddim ond i Shamus ddal ar y cyfle i ganmol ei wyres bymtheg oed – fel y canmolai bawb o'i epil.

''Na ti 'ogan bach breit, Bos.'

'Ia, debyg,' er yn amau hynny eto rywfodd.

'A ma' gin Shamus *good news* i chdi.'

'O?'

'Ma' fo di clicio, cofia, hyfo boi o capal chdi. 'Ti'n nabod o, Bos. Ma' fo'n dŵad i *Sunday school* capal chdi.'

'Ydi o?'

'Now Cabaits yn taid iddo fo, ia? 'Ogyn da, Bos.' Ac roedd hwnnw'n gythraul mewn croen, heb lawn gyrraedd ei bedair ar ddeg eto a heb dywyllu'r ysgol Sul er dyddiau ysgol feithrin.

Yn y diwedd Mulligan, yn ei amser da ei hun, a gododd y pwnc – nid Eilir. 'Cecil yn deud bo' dyn claddu'n mynd i ca'l *boose up* yn capal chdi.'

'Ydi, mewn ffordd o siarad.'

'Ond bo *refreshment room* chdi'n *banned*.'

'Wel, ma'r festri, yn anffodus, wedi'i chondemnio ar hyn o bryd.'

'Gwrando, Bos, gin Shamus y feri peth i chdi.' Neidiodd at un o'r silffoedd a llusgo catalog lliwgar i'r bwrdd a'r geiriau *McLaverty's Multi-Purpose Pavilions* ar ei glawr a'i ddangos i'r Gweinidog.

'Ond ryw fath o *PVC* ydi hwn?' ebe'r Gweinidog yn byseddu sampl o'r math o ddeunydd a oedd rhwng tudalennau'r catalog.

''Ti 'di ca'l bwl *first time*, Bos. *Inflatable*, ia? Ma' Uncle Jo McLaverty . . . 'ti'n cofio fo, Bos?'

'M.'

'Ma' fo'n ca'l nhw o Taiwan. Rhad fath â baw, ia?'

'Ond ma' angan rhywun i godi pabell fel hyn a'i rhoi hi ar ei thraed. A be am drydan, ac yn y blaen?' holodd y Gweinidog yn chwilio am fwganod i'w godi a rhag ofn cael cam gwag. 'Mi fydd angan twymo dŵr, a cha'l golau.'

''Ti'n neidio gwn, Bos bach,' ac aeth Shamus, fel asiant i'w ewythr a drigai yn Ballinaboy, i ddechrau egluro'r mecanics. 'Bydd gin 'ogiau Shamus *generator*, ia? I chdi ga'l lot o golau. A ma' fo'n dal cant, cofia. A bydd dim isio i ti poeni am glaw na dim, Bos. Achos ma' fo'n *watertight* – fath â pen-ôl chwadan.'

'Ond pa mor ddiogel ydi'r peth, Shamus?' holodd Eilir

wedyn yn gwybod trwy brofiad nad oedd popeth a fewnforiwyd o'r Connemara yn dal dŵr – naill ai'n ffigurol nac yn llythrennol.

'*Hundred per cent*, Bos bach. Ma' fo'n *real McCoy*, cofia. Ne' basa Shamus dim yn cynnig fo iti.'

O glywed yr holl ragoriaethau, cafodd Eilir ei hun yn cynhesu at y syniad o godi pabell dros dro. Gwyddai mor frwd oedd Howarth dros gael ei anrhydeddu a chymaint a fyddai ei siom pe byddai amgylchiadau yn gorfodi rhoi heibio'r digwyddiad neu'i ohirio.

Wrth ddisgyn i lawr grisiau'r garafán penderfynodd y Gweinidog y byddai'n gofyn i'r Blaenoriaid ystyried y cynnig o leiaf. 'Deudwch i mi, Shamus, petai'r pwyllgor yn penderfynu rhentu'r festri blastig 'ma – wedi iddyn nhw ga'l ystyriad y matar, wrth gwrs – faint o amsar gymith y peth i gyrraedd?'

Ond cyn cyrraedd troed y llechwedd, a Shamus yn ei ddanfon, deallodd fod yr archeb eisoes ar ei ffordd. 'Bydd y peth hyfo chdi, Bos bach, mewn dim. Daru boi gwallt ordro fo wsnos yn dôl.'

'Cecil? Wedi ordro'r peth?'

'A gneith Uncle Jo, wrth bo' chdi'n *charity*, roi fo i chdi'n *dirt cheap*. *Just* talu am y gwynt, ia?'

Wedi cyrraedd y gwaelod, trodd Eilir yn ei ôl a chodi'i law ar y tincer a oedd erbyn hynny hanner y ffordd i fyny'r llechwedd. Cwpanodd hwnnw ei wefusau a gweiddi, 'Ti isio i Shamus tarmacio rownd capal chdi, *same time?*'

Am unwaith, penderfynodd beidio â rhoi ateb. Yn ei galon, gwyddai y byddai talu am y 'gwynt', chwedl Shamus, yn ddigon o faen melin.

*   *   *

Bnawn Mercher cyn nos Iau y dathlu y cyrhaeddodd y *McLaverty's Multi-Purpose Pavilion*, a rhoi iddo'r enw masnachol. Ar y pryd, roedd Eilir yn edrych i lawr o ffenest y stafell ffrynt ar y dref islaw pan sylwodd ar brysurdeb anarferol yng nghyffiniau'r capel. Yn y pellter oddi tano, gwelai lori artic, seis tegan dinci, a llwyth ar ei thrwmbal, yn cael ei bagio'n gelfydd drwy'r giatiau ac i gefn yr adeilad a dynion pin yn prysuro'n ôl a blaen – ar wahân i un dyn pin a safai yn ei unfan. Shamus Mulligan, mae'n ddiamau, oedd hwnnw.

'Cein, ma'r festri blastig wedi landio.'

Rhuthrodd hithau at ei ysgwydd, 'Ydi, tawn i'n glem.'

'Mi fedra i anadlu'n rhwyddach rŵan.'

'Fedri di?'

'Wel ma'r babell wedi landio, tydi? Ac mewn digon o bryd.'

'Ond, Eilir, landio ddaru'r tarmac hwnnw sy heb lawn sychu ers wyth mlynadd.'

'Wn i. Ond stori arall ydi honno.'

'A landio ddaru'r paent, gostiodd ffortiwn i'r capal mewn compo. A landio ddaru'r *McLaverty Skidshine Floor Sealer,* hwnnw.'

'Ia. Ond ma'na lai i fynd o'i le hefo peth fel hyn, does? Mi fydd y peth ar ei draed, neu fydd o ddim. Mater o wynt ydi'r cwbl.'

'A ddichon dim da ddŵad o'r Ballinaboy?' ochneidiodd Ceinwen. 'Honna ydi fy adnod i.'

'Ma' nhw'n deud fod pedwar tro i Wyddal. Na, mi fydd hwn yn iawn gei di weld,' gan chwibanu yn y tywyllwch i foddi'i amheuon.

Bu'r ddau, am beth amser, yn gwylio'r dynion pin yn mynd a dŵad, yn estyn ac yn cario, a'r dyn pin a safai wrth y lori mor llonydd â delw.

Yna, dechreuodd y pafiliwn *PVC* godi'n araf o'r ddaear, fel rhyw anghenfil o'r cynfyd yn codi o'r dyfnfor; chwyddo a llenwi, lledu a dyrchafu nes tyfu i fod yn babell uchel, foldew – un eithaf eang a dweud y gwir. Gwyn oedd y lliw, cyn belled ag y medrai Ceinwen ac Eilir weld, ond gyda streipiau coch, gwyrdd a glas golau yn rhedeg i lawr yr ochrau ac yn sirioli'r cyfan.

'Mae hi'n lliwgar ryfeddol, Cein.'

'Bycach i dent syrcas nag i festri capal, 'swn i'n ddeud.'

'Ond cynnal math o syrcas ydi'r bwriad!'

'Y?' Yna, gwelodd Ceinwen yr ergyd, 'Ia, debyg. Yli, Eilir, ma'na faner ar y brig. Baner ble 'di hi?'

'Be wn i?'

'Estyn y sbenglas 'na i mi 'ta, i edrach fedra'i 'i nabod hi.'

Fe gymrodd hi eiliad neu ddau i Ceinwen i gael y teclyn i ffocws. Craffodd drwy'r gwydrau, 'Na, fedra' i mo'i nabod hi. Dim baner Werddon ydi hi beth bynnag. Mi 'nabodwn i honno. 'Drycha di.'

Wedi i'r Gweinidog ailffocwsio daeth y faner yn glir o flaen y gwydr, 'Baner Taiwan ydi hon, Cein.'

'Be?'

'Ia,' a dal i graffu.

'Taiwan!'

'Wel ia, fflag goch ydi un Taiwan 'te? Hefo sgwâr las yn un gongl. Ac o fan'no', yn ôl Shamus, ma' Jo McLaverty yn ca'l y stwff.'

'Mama mia! Be nesa'?'

Serch fod pethau i'w gweld yn rhedeg yn hwylus ddigon, a golau gwyn glân yn llenwi'r babell, roedd yr awyrgylch tu fewn i'r festri blastig yn un mwll ac oglau'r *PVC*, oherwydd y gwres mae'n debyg, yn llenwi'r ffroenau ac yn llosgi'r llwnc. Daeth mwy na'r disgwyl i swper anrhydeddu William Howarth. Roedd yno lifeirio siarad a sawl un yn mynd at Howarth i'w longyfarch am ddal pwys a gwres y dydd a'i gymell, yn ddauwynebog, i ddal i ddal ati.

I lawr ochr dde'r babell roedd bwrdd hir – o'r un deunydd â'r babell ac wedi'i chwythu i fyny – yn orlawn o fwydydd bys a bawd a phowlenni lawer o'r *crème brûlée* hwnnw y bu Cecil yn brwela cymaint yn ei gylch. Yn y pen agosaf i'r fynedfa o'r bwrdd safai dwy wrn chwilboeth – un o de ac un arall o goffi. Tu cefn i'r bwrdd hwnnw roedd Cecil, yn ei ddillad sieff, yn mân siarad fel melin bupur ac yn cymell hwn ac arall i bigo'n ôl ei ffansi, 'Stynnwch ato fo, *ladies and gentlemen. Do help yourselves.*'

I agor y cyfarfod canwyd emyn o ddewis Howarth, yn ddigyfeiliant wrth gwrs, 'Gosod babell yng ngwlad Gosen' ar y dôn *Dusseldorf*. (O wybod beth oedd i ddigwydd byddai hwyrach 'Ymado wnaf â'r babell' wedi bod yn well dewis.) Yna, cododd y Parchedig E. Stanley Jenkins, Llywydd yr Henaduriaeth, ar ei draed – gŵr byr, boldew wedi hen benwynnu – i roi gair o ddiolch ar ran y ffyrm.

'Mae hu'n anrhydedd fowr u fu gael bod yma heddu,' ebe Jenkins, yn ddeheuwr yn ceisio dynwared gogleddwr.

'Ffrîd, *my sweetie-pie*,' meddai Cecil ar draws, yn cyfarch Freda, gwraig Fred Phillips, '*do circulate the kebabs.* Pan ma' nhw'n dal yn boeth.'

Ond aeth Jenkins yn ei flaen gyda rhwyddineb, 'Fel yr Hen Genedl gynt, mae Wulluam Howarth wedu bod yn yr anualwch am ddeugaun mlynedd.' Dechreuodd rhai guro dwylo yn y lle anghywir. 'Mul o longyfarchuon uddo fe am 'u hur wasanaeth.'

Cyn i Jenkins gyrraedd glan, roedd Cecil, fel meistr y ddefod, wedi gwthio'i ffordd i ymyl William ac Anemone Howarth yn barod ar gyfer cynnig y llwnc destun. Pan ddaeth yr amser, gwnaeth hynny yn ei ffordd unigryw ei hun gan fwnglera'r iaith yn ddidrugaredd.

'Os cawn ni fod yn *upstanding, one an' all*, ac yfad iechyd da i Mistyr William Howarth *and his very good lady. Bottoms up!*'

Yr eitem ddiflas olaf ar y rhaglen

oedd William Howarth yn ymateb i'r dymuniadau da ac yn talu diolchiadau iddo fo'i hun. Wedi sawl *tartlet* a *quickelet,* byddin o *kebabs* a *crème brûlée* ar gefn *crème brûlée,* a *crème brûlée* ar gefn *crème brûlée* arall cafodd Howarth frwydr i godi o gwbl ac yn yr ymdrech gollyngodd glamp o wynt a oedd yn glywadwy i amryw.

'William Howarth!' ebe Cecil, yn finiog, gan chwilio am syrfiet i roi ar ei drwyn, *'How could you?'*

'Barchus Lywydd yr Henaduriaeth, a chyfeillion. Doedd dim ymhellach o fy meddwl i na chael fy anrhydeddu fel hyn,' a gollyngodd Howarth ergyd arall. Ond yn dilyn yr ail ergyd clywyd sŵn fel llanw môr yn treio ac yn crafu'r gwaelod wrth sgubo allan.

Aeth y llanw allan yn gryfach fyth. Sylwodd Eilir fod William Howarth, erbyn hyn, yn siarad ac yn sefyll ar ei ochr. Dechreuodd Meri Morris dywallt te i bocedi pobl yn hytrach nag i'w cwpanau nhw. Yna, dechreuodd y festri blastig dynnu'i hun at ei gilydd a mynd ar ei gliniau, yn araf ddefosiynol. Wedi sylwi beth a oedd ar ddigwydd dechreuodd pawb anelu at y fynedfa ond yn drefnus ddigon. Yr unig un a lwyddodd i dynnu'r tŷ am ei ben oedd William Howarth. Cyrhaeddodd y fynedfa yn ddiogel ddigon ond am ei fod mor dindrwm baglodd yn yr aceri o'r *PVC* meddal a oedd bellach yn un llysnafedd o dan ei draed.

Caed pwyllgor uwch ei ben, yn llythrennol felly. A honno oedd awr fawr Ifan Jones, yr hen ffarmwr. Daeth y gorffennol yn ôl i'w feddwl a chofiodd am sawl sefyllfa debyg pan amaethai ar y tir uchel a buwch feichiog mewn argyfwng. Serch ei oed a'i arthritis, neidiodd i'r cyfrwy a dechrau bagstandio, 'Fel hefo tynnu llo, rhaid inni i gyd dynnu'r un pryd a thynnu'r un ffordd. Rŵan, hefo'n gilydd, ffrindiau.'

Ac felly, â'i ben yn gyntaf, yn un llo gwlyb, y tynnwyd William Howarth allan o groth y *McLaverty's Multi-Purpose Pavilion* wedi hanner ei anrhydeddu am ei hir wasanaeth i Gapel y Cei.

4. *BALWNIO*

Bu bron i Shamus Mulligan a'r Gweinidog faglu ar draws traed ei gilydd tu allan i siop fetio O'Hara'r Bwci; y Gweinidog yn brysio heibio â'i feddwl ar bethau uwch a'r tincer yn camu allan yn llawen iawn ei ysbryd am iddo ennill bet ar gorn rhyw geffyl neu'i gilydd. Gyda'i ddiniweidrwydd gwyn – cyn belled ag roedd rhai pethau yn y cwestiwn – camddarllenodd Shamus y sefyllfa a holi'n siriol, 'Oedd gin ti geffyl yn rhedag yn Kempton, Bos?'

'Na. Sleifio heibio ro'n i, i osgoi'r demtasiwn.'

Ond roedd y dychan tu hwnt i'r tincer. 'Daru ceffyl Shamus, cofia, dŵad i mewn *ten to one*,' a dangos bwndel o arian papur yn bownsio ar gledr ei law, cyn poeri arnyn nhw a'u stwffio i boced top ei ofarôl. ''Ti'n colli pres da, Bos.'

'Digon posibl,' cytunodd hwnnw ond yn barod i newid y stori. 'Musus Mulligan yn iawn?'

'Gwraig fi, 'ti'n meddwl?' (Erbyn hyn, roedd yna sawl merch ifanc yn cario'r enw ar ben y Morfa Mawr.)

'Ia.'

''Ti 'di gweld'i *varicose veins* o, *recently*?'

'Do,' atebodd yn ddifeddwl a chywiro'i hun yn syth, 'M ... naddo.'

'Rhaid i chdi ca'l 'u gweld nhw, Bos. Ma' nhw fath â grêps, ia?' ac roedd Eilir wedi gwrando ar y diagnosis hwnnw sawl tro o'r blaen.

'Wel, cofiwch fi ati hi,' a chychwyn ymaith.

'Hei! Dal dy dŵr am funud, Bos. Shamus 'di clywad bo chdi am rhoi *joy-ride* a *slap-up* i hen pobol capal chdi, pan bydd hi'n tywydd gwell.'

Y bore Sul blaenorol, ar derfyn yr oedfa, bu cryn drafod ar ba weithgarwch y gellid ei gynnal gyda henoed yr eglwys yn ystod yr haf. Bu'n arfer yng Nghapel y Cei ers rhai blynyddoedd i neilltuo'r Sadwrn cyntaf yng Ngorffennaf i ddiddanu'r to hŷn gyda phobl ieuengach yn gofalu am y trefniadau. Gyda'r blynyddoedd, ymwelwyd ag adeiladau hanesyddol wrth y dwsinau ac â rhesi o erddi yn agored i'r cyhoedd; aed i gwrdd â phobl o'r un oedran mewn eglwysi eraill ac, unwaith, cafwyd te a sgon yn y festri a chwaraeon, wedyn, yn y llain tir tu cefn i'r capel. Ond bore Sul aeth y trafod i ffwl-stop. Y penderfyniad terfynol, unwaith eto, oedd gadael y mater yn nwylo 'diogel' y Gweinidog a'i wraig.

Daeth i feddwl y Gweinidog sut ar wyneb y ddaear roedd Mulligan, o bawb, wedi cael achlust o'r peth? Ond atebodd Shamus y cwestiwn hwnnw cyn iddo gael ei ofyn.

'Jac o'dd yn deud, ia? Yn y 'Fleece'.'

'Wela i.'

'Boi da, Jac, Bos. Ma' fo'n sôn lot am capal chdi.'

'Ydi o?'

'Gwranda, Bos,' meddai Shamus, yn gwthio'i het yn ôl ar ei dalcen, 'wrth bod chdi 'di rhoi lot o jobsys tarmacio i 'ogiau fi . . .'

'Am bod y gôt gynta'n gwrthod cledu,' brathodd y Gweinidog, yn anhapus fod Jac Black yn cario clecs o'r capel i'r 'Fleece'.

'Tarmac 'di mynd yn sâl, cofia,' ebe'r tincer, yn lluchio bai ar y deunydd. 'Ond gwranda, gneith Shamus rhoi trît i hen bobol capal chdi, *buckshee,* pan daw hi'n *July.*'

'O?'

"Ti di bod yn awyr hyfo balŵn, Bos?'

'Yn yr awyr, hefo balŵn? M . . . naddo.'

Ac aeth Shamus Mulligan ymlaen, gyda brwdfrydedd

mawr, i egluro'r cynllun a oedd ganddo ar droed. Bu drosodd yn y Connemara yn aros gyda'i ewythr, yr enwog Jo McLaverty, a hwnnw, yn ôl Shamus, wedi talu am wersi balwnio iddo.

'Gwaith calad, Bos bach. 'Ti isio lot o *brains* 'sti. A ma' isio i chdi bod yn *bright* hyfo syms, ia? Ond gnath Shamus pasio pob dim.'

'Dda sobr gin i glywad, a llongyfarchiadau i chi.'

'Thenciw mawr, Bos.'

Ar y Sadwrn cyntaf yng Ngorffennaf, gyda bendith y Cyngor Tref, roedd Mulligan am fynd â rhai o drigolion Porth yr Aur i fyny mewn basged o ben y Morfa Mawr er mwyn iddyn nhw gael gweld y lle o'r awyr ac eglurodd i Eilir y byddai croeso i bensiynwyr Capel y Cei fanteisio ar y cyfle. Ond ddaru Shamus Mulligan ddim egluro mai'r gwir fwriad oedd hysbysebu'r *McLaverty Enterprises* o uchter daear ac ennill cwsmeriaid newydd, os yn bosibl, i'r *McLaverty's Home Brew*, y *Connemara Peat* a'r *Ballinaboy Pure Spring Water*.

O fod mewn congl, cymrodd y Gweinidog at y cynnig fel cath at hufen dwbl. Hwyrach mai dyma fyddai'r ateb wedi'r cwbl. Roedd y syniad o fynd â'r henoed i fyny i'r awyr, yn hytrach nag ar hyd ac ar led, yn cydio yn ei ddychymyg a byddai newydd-deb y digwyddiad yn debyg o apelio, yn ogystal, at lawer o'r to hŷn. Ond o gofio rhai o gamau gweigion y gorffennol dechreuodd Eilir gael traed oer. Daeth saga'r *McLaverty's Multi-Purpose Pavilion* yn ôl i'w gof.

'Ond, Shamus, be tasa'r balŵn yma'n dechrau gollwng gwynt? A ninnau, hwyrach, yn yr awyr.'

'Sdim isio iti poeni dim, Bos. Ma' fo'n dal gwynt *hundred per cent*. Shamus 'di bod yn awyr lot o gweithiau hyfo fo, a ma' fo dim wedi gollwng gwynt *once*.'

'Ond mae yna dro cynta i bob dim, Shamus.'

Dewisodd Mulligan anwybyddu'r posiblrwydd tebygol hwnnw ac ychwanegu'n garedig, 'A ceith pobol capal chdi fynd i awyr peth cynta yn pnawn pan bydd hi'n haul.'

Ceisiodd y Gweinidog feddwl am fwganod eraill, 'Ond be tasa'r tywydd yn digwydd troi? Beth petai hi'n wynt mawr neu'n tywallt y glaw, deudwch?'

'Gelli di gysgu'n dawal, Bos bach. Ma' Shamus am fynd i *mass,* o hyn tan hynny.'

'Ia.'

'A wedyn, gneith Tad Finnigan ofyn i'r Pab cau'r *hatches* am y dwrnod.'

Doedd Eilir ddim yn ffyrnig wrth-babyddol, fel rhai o'i gyd-weinidogion, ond roedd ffydd Mulligan yng ngallu'r Tad Finnigan i gael clust y Tad Sanctaidd, ac yng ngallu hwnnw wedyn i fatno'r hatshis am ddiwrnod cyfan yn strejio'i hygrededd, a dweud y lleiaf.

Cafodd y tincer syniad carlamus arall. Pwyntiodd fys crwca i gyfeiriad yr Harbwr a chymell, "Ti am dŵad i'r 'Fleece', Bos? Jyst am un bach, i clensio'r *deal?* Gneith Shamus talu am y *first* rownd.'

'Ddim diolch.'

'Bydd mêts chdi yno.'

'Dw i am fynd ymlaen hefo fy ngwaith, os ca'i.'

'Collad chdi bydd o, Bos,' a dechrau cerdded ymaith. 'Ond gneith Shamus deud bo chdi'n cofio atyn nhw.'

'Diolch.'

* * *

Ychydig ryfeddol oedd gwybodaeth Gweinidog Capel y Cei am falwnio a'i ddiddordeb, hyd yn hyn, yn llai na hynny. O gerdded y stryd, sylwodd o dro i dro ar ambell i falŵn lliwgar yn hofran yn llonydd uwchben y dref ac ysgrifen ar ei groen yn nodi digwyddiad neu'n hysbysebu enw rhyw ffyrm neu'i gilydd. Ond nid oedd erioed wedi ymddiddori mwy na hynny yn y grefft nac yn deall, chwaith, sut yn union roedd y wyrth yn gweithio.

Y noson honno aeth i chwilio'r we a chael cyfoeth o wybodaeth yn y fan. Roedd balwnio, mae'n amlwg, yn hobi hollysol; unwaith roedd yr hobi wedi cydio doedd yna ddim dianc rhagddi wedyn. Yr hyn a gododd ei galon yn fwy na dim oedd y record diogelwch. Prin bod yr un ddamwain wedi digwydd ers blynyddoedd lawer a thyfai'r hobi yn ei phoblogrwydd o flwyddyn i flwyddyn. Ar y we, roedd yna restr hir o gwmnïau a oedd yn barod i drefnu teithiau ar gyfer y cyhoedd ac yn nodi'u prisiau. Wel, os oedd y *McLaverty Enterprises* yn cynnig mynd â 'saint' Capel y Cei i fyny '*buckshee*', chwedl Shamus, roedd hon yn siŵr o fod yn fargen y flwyddyn. Penderfynodd, fodd bynnag, gadw caead ar ei frwdfrydedd a pheidio â thrafod y mater gyda neb – hyd yn oed gyda'i wraig ei hun – cyn rhoi'r mater gerbron y Blaenoriaid.

* * *

' "Os dringaf i'r nefoedd, yno rwyt ti"!' Troes Eilir ei ben i weld Dic Walters, y Person, yn sefyll ochr arall i'r stryd a gwên bryfoclyd ar ei wyneb.

'Dic, chdi sy'na?', a chroesi ato.

' "Pe cymerwn adenydd y wawr",' a dechreuodd y Rheithor lafarganu yn union fel y gwnâi ar y Suliau, "a phe trigwn yn eithafoedd y môr . . .".'

'Ia? Be sy rŵan?'

Roedd y ddau'n bennaf ffrindiau er bod y Person yn mynd dan ei groen yn aml. I Ceinwen, wedyn, doedd neb fel Dic Walters, yn rhoi help llaw iddi gael traed ei gŵr i lawr i'r ddaear pan oedd galw am hynny. A doedd neb fel 'Walters y Person' yng ngolwg pobl Porth yr Aur chwaith. Roedd yn ddihareb am dynnu coes ond, fel y darganfu Eilir ar sawl achlysur, yn llai parod i gael tynnu'i goes ei hun – fel cynifer o ddigrifwyr.

'Dallt dy fod ti, rhen ddyn, am fynd â dy bobol i fyny i'r nefoedd? Mewn basgiad wellt!'

'Walters, sut ar y ddaear y clywist ti am y peth?'

'Cymysgu hefo'r plwyfolion, te 'ngwas i?' ac roedd Dic yn

ymddwyn bob amser fel petai'r Dadgysylltiad erioed wedi digwydd. 'Nid bugeilio y rhai sy'n godro'n unig. Fel y byddwch chi, weinidogion.'

Roedd hynny'n wir. Crwydro'r stryd o fore gwyn tan nos oedd arfer Dic Walters – a'r ci sosej hwnnw a lusgai gerfydd tennyn bob amser wrth ei sodlau – yn dal pen rheswm hefo hwn ac arall ac amser y byd ar ei ddwylo. O'r herwydd, roedd yn adnabyddus i bawb yn y dref ac yn hynod dderbyniol gan bobl yr ymylon.

'Wel dim ond syniad ydi o, ar hyn o bryd. Un ymhlith llawer a deud y gwir,' ac roedd hynny'n gelwydd. 'Hwyrach na nawn ni ddim manteisio ar y cynnig yn y diwadd.'

'Na na. Caria di ymlaen. O ran fy hun, ma'n well gin i ddŵad â'r nefoedd i lawr atyn nhw na thrio mynd â nhw i fyny i gyfeiriad y nefoedd. Ond, pawb â'i ffordd ydi hi. O leia mi gei dy enw yn y papur, yn cei 'ngwas i?'

'Nid hynny oedd gin i mewn golwg.'

'Wn i hynny yr hen ddyn, ond stynt ne' bechod sy'n mynd â hi'r dyddiau yma. Cofia, 'swn i fy hun ddim yn prynu chwadan gin y Mulligan 'na. Rhag ofn iddi foddi cyn dysgu nofio. Ond dyna fo, hwyrach fod pethau'n wahanol hefo balŵns. Anaml y bydd rheini'n byrstio. A dim ond unwaith ne' ddwy y clywis i am rai wedi mynd ar dân. Ond eithriadau posib ydi pethau felly, fel y gwyddost ti .'

'Gyda llaw, Walters, lle clywist ti am y syniad? Dydw i ddim wedi yngan gair wrth neb. Ddim hyd yn oed wrth Ceinwen.'

'Wel, gan dy fod ti'n holi, ac os gnei di addo'i gadw fo o dan glust dy gap, digwydd taro i mewn i'r 'Fleece' 'nes i, neithiwr, am lasiad neu ddau.'

'O!' Ac roedd yna sôn yn y dref mai anaml iawn, os byth, y byddai 'Walters y Person' yn rhoi gorau iddi ar gyn lleied ag un neu ddau.

'A dy fêt mawr di oedd yn deud. Rhen Jac. Jac Black.'

'Dydi o ddim yn fêt i mi. Wel, ddim mwy o 'fêt' na neb arall.'

'Od dy fod ti'n deud hynny. Fynta'n sôn cymaint amdanat ti. Ond dyna fo, ych busnas chi'ch dau ydi hynny. Gyda llaw, pryd gwelist ti'r Siswrn ddwytha?' a newid llwy bwdin.

'Pwy? Cecil Humphreys?'

'Dyna'r dyn.'

'Gwelis i o bora Sul, yn yr oedfa.'

'Ddim ers hynny?' ac awgrymu syndod. 'Rhyfadd.'

'Ond dydd Iau 'di heddiw.'

'Pan fydda i'n galw yn y 'Tebot', am fy nghoffi boreol, dim ond amdanat ti bydd yntau'n sôn.'

'O?'

' "Deudwch i mi, Mistyr Walters, dach chi wedi gweld 'nghariad i *recently?*", ac roedd y Person yn medru dynwared yn berffaith. "Dydi Mistyr Thomas ni'n lyfli!".'

Pan oedd Eilir ar chwalu'i faen sbring yn sgyrion, a'r Person yn gwybod hynny, cychwynnodd hwnnw ymaith, yn hamddenol, tan lusgo'i gi o'i ôl, 'Paid â gadael imi dy gadw di oddi wrth dy waith, rhen ddyn.'

'Fydd hynny'n gymwynas.'

'A chofia fi at Cein, nei di?'

'Reit.'

'Hogan gall, Ceinwen!'

Wedi cerdded cam neu ddau ymlaen clywodd Eilir sŵn injian fregus yn tisian troi ac yn bacffeirio ar yn ail. Gwyddai, heb edrych o'i ôl, mai Meri Morris, Llawr Dyrnu, oedd ar ei rownd lefrith foreol ac y cuddid o cyn pen ychydig eiliadau o dan gwmwl o fwg afiach. Daeth y *Daihatsu* hynafol i stop union gyferbyn ag o. Wedi bustachu i agor ffenest â'i gêr weindio wedi hen rydu daeth corun cap gweu Meri i'r golwg dros lintel y ffenest ac yna Meri i'i hun, yn siriol fel arfer.

'Fedra i roi pas i chi i rwla, Mistyr Thomas?'

'Ddim diolch.'

'Mi fydda i'n mynd cyn bellad â'r Harbwr erbyn diwadd y rownd.'

'Well gin i gerddad, ylwch.'

'Dyna fo, chi ŵyr ych pethau.'

Fel rheol, roedd sedd teithiwr y *Daihatsu* yn un domen o drugareddau anghytnaws â'i gilydd a'r rhan fwyaf ohonynt yn bethau digon afiach. Y tro olaf y cafodd reid yn y pic-yp, eisteddodd yn ddamweiniol ar bâr o benwaig gwlybion, heb fawr ddim amdanynt. Bu oglau'r pysgod rheini ar ei drowsus am wythnosau wedyn – serch iddo dalu am ei lanhau. Yn ôl Meri, yn nes ymlaen, roedd yntau wrth eistedd wedi dadberfeddu'r ddau bennog nes eu bod nhw'n barod i'r badell.

'Gweld chi'n sgwrsio hefo'r Person,' ebe Meri.

'Ia.'

'Dyna i chi gi corddi os buo 'na un erioed.'

'M.'

'Gyda llaw, rowch chi fy enw i lawr i fynd i fyny hefo'r balŵn?'

'Hefo'r balŵn? Ond, Meri Morris, does yna ddim byd wedi'i drefnu eto.'

'Wrth gwrs. Does yna ddigon o amser dan hynny, does? Ond rhowch fy enw i lawr yr un fath.'

'Ia, ond . . .'. Daeth canu corn byddarol i foddi'r sgwrs ac yna sŵn injian diesel drom yn cael ei refio'n fygythiol.

'Rhaid imi symud, ylwch. Dydi pethau'r lori ludw 'ma ar ryw hast goblyn. Gwela i chi eto.'

Y bore hwnnw, safai'r Tad Finnigan ar waelod y dreif a arweiniai i fyny at Dŷ'r Offeiriad a'r Eglwys Gatholig: brwsh bras yn ei ddwylo, bag sbwriel yn llawn o duniau a photeli ar y tarmac gerllaw, y beret clerigol yn ôl ar ei dalcen a'i wyneb gwritgoch yn laddar o chwys ac yn fwy piws nag arfer. Dyn byrgrwn oedd Offeiriad Porth yr Aur. Yn wir, erbyn hyn yr oedd o bron yr un hyd a'r un led. Ac yntau, bellach, mewn cryn oedran amheuai Eilir a oedd hi'n ddoeth iddo ymlafnio fel hyn, fore ar ôl bore, i glirio sbwriel llebanod meddw'r noswaith flaenorol.

'Bora da, Jim.'

'A! Eilir, fy mab. Chi sydd yna?'

'Clirio llanast neithiwr dach chi?'

Cydiodd y Tad Finnigan yn rhai o'r caniau cwrw gweigion a oedd yng ngheg y bag a'u dangos i'r Gweinidog, 'Edrychwch Eilir Thomas, pa bethau y mae pobl ifanc yr oes bresennol yn eu hyfed. Lagyr, siandi, alcopop a diodydd tebyg.'

'Ydi, mae o'n gywilydd mawr,' cytunodd y Gweinidog yn llwyr dybio mai cyferio at yfed gwallgof rhai o larpiau ifanc y dref roedd yr Offeriaid. 'Yn gywilydd mawr iawn.'

'Yn hollol. Dydi diodydd gweiniaid fel hyn ddim yn werth i'w hyfed.' Daeth gwên, sanctaidd bron, i'w wyneb, 'Yn y fro hyfryd y'm maged i ynddi,' a chyfeirio at gorsydd gwlybion Connemara, 'fyddem ni, yr ieuenctid, yn ymatal rhag yfed dim ond y *poteeen* cryfaf a oedd ar gael. Nis gwn beth a ddaw o bobl ieuanc yr oes benrhydd hon,' a lluchio'r caniau cwrwysgafn yn ôl i geg y bag fesul un ac un.

Er iddo dreulio oes faith ym Mhorth yr Aur yn cynnal y gwasanaethau disgwyliedig doedd y Tad Finnigan – serch ei Gymraeg gorberffaith – wedi colli dim o'i acen Wyddelig. Baich ei waith bugeiliol gydol y blynyddoedd oedd tynnu'r Mulliganiaid allan o ryw argyfyngau neu'i gilydd a'u cymell i edifarhau a dychwelyd at eu gwreiddiau Catholig. Serch hynny, doedd troeon yr yrfa wedi gwanio dim ar ei ffydd yn Sacramentau'r Eglwys nac yn anffaeledigrwydd y 'Tad Sanctaidd' – fel y cyfeiriai at y Pab, a hynny gyda chysondeb mawr.

O edrych ar y caniau yng ngheg y bag, cafodd y Tad Finnigan syniad, 'Eilir! Dewch gyda mi i'r ystafell newid yng nghefn yr eglwys am ddogn fechan o'r *McLaverty's Home Brew*. Mae fy nghyfaill, Jo McLaverty, Duw a gadwo'i enaid,' ac ymgroesi, 'newydd anfon crêt o'r cyfryw i dorri syched offeriad prysur.'

'Ddim yn siŵr ichi. Fydda i ddim yn dechrau ar hwnnw nes bydd hi'n bnawn,' ychwanegodd, rhwng difri a chwarae.

Derbyniodd Finnigan y sylw gyda difrifoldeb mawr ac ychwanegu'n wylaidd, 'Byddaf innau Eilir Thomas, fel chwithau, yn ceisio ymatal rhag y ddiod honno hyd nes bydd y gwasanaethau beunyddiol wedi'u llefaru. Beth am gwpanaid o goffi ynteu?'

'Ddim diolch, Jim. Wrth fy mod i'n dreifio, ylwch.'

Ond ddaru'r Tad Finnigan ddim deall yr ail wamalrwydd chwaith. Heblaw y ddiod gadarn o ardal ei blentyndod, un arall o'i hoff ddiodydd oedd coffi anyfadwy o gryf a fragai yng nghefn yr eglwys, a hwnnw'n ffrwtian ar ei bentan gydol y dydd ac arogl y gneuen yn lladd sent y thuser ac arogl y canhwyllau.

'Well imi'i throi hi rŵan, Jim. Ma' gin i gartra neu ddau y dylwn i alw heibio iddyn nhw cyn amsar cinio.'

'A! Eilir. Cyn eich bod chwi'n ymadael. Roedd yn dda gen i ddeall fod rhai o'ch plwyfolion am fynd i fyny yn y balŵn pan ddaw i Borth yr Aur.'

'Wel, o bosib'. Ond, cofiwch, does dim sicrwydd ar hyn o bryd. Syniad ydi o.'

'Dyna hyfryd fydd gweld enw Jo McLaverty yn hofran uwchben ein treflan.'

Gan y gwyddai Eilir mor gondemniol, yn arferol, oedd y Tad Finnigan o weithgareddau'r Mulliganiaid mentrodd awgrymu'n hwyliog, 'O gofio bod a wnelo Shamus â'r peth, sgin i ond gobeithio na neith y balŵn ddim byrstio cyn codi.'

O glywed enw Mulligan, cododd yr Offeiriad ei law i atal unrhyw feirniadaeth bellach. Am yr eilwaith yr un bore, dychwelodd gwên sanctaidd i'w wyneb ac meddai gyda balchder, 'Gŵr agos iawn i'w le yw Shamus O'Flaherty Mulligan, Eilir Thomas. Wel, erbyn hyn. Fe'i gwelir yn ddyddiol yn yr Offeren.'

'Rioed?'

'A mawr hyderaf y gwêl y Tad Sanctaidd yn dda i'w anrhydeddu, ryw ddydd a ddaw – cyn iddi fyned yn rhy ddiweddar.'

'Deudwch chi,' ond yn rhyfeddu o glywed y Tad Finnigan yn newid cymaint ar ei diwn a heb weld unrhyw arwyddion amlwg o newid buchedd yn hanes Shamus ei hun.

'Yn wir, daeth ataf i'r Gyffesgell pa noswaith. I glirio hen bechodau fel petai.' Gostyngodd yr Offeiriad ei lais a hanner sibrwd, 'Wrth gwrs, mae'r hyn a gyffesodd yn gwbl gyfrinachol.'

'Wn i.'

'Ond gyda chyfaill fel chwi, Eilir, gallaf ychwanegu cymaint â hyn. Gan gymaint a oedd ar ei galon i'w gyffesu bu'n rhaid imi ofyn iddo roi'r cyfan i lawr ar bapur. Ac i minnau, wedyn, ofyn i'r Hollalluog faddau'i bechodau, dau am bris un.'

'Wel, Jim, hwyrach y gwelwn ni'n gilydd, wedi'r cwbl, ar ben y Morfa Mawr, y Sadwrn cyntaf yng Ngorffennaf. Wel, os byw ac iach,' a dechrau cerdded ymaith.

'Nid yw hynny'n debygol, Eilir Thomas – gwaetha'r modd.'

'O?'

'Bydd y Cylch Catholig wedi bod ben bore. Ben bore mae'r awyr yn ysgafnach a'r balŵn, o'r herwydd, yn debycach o godi.'

'Wel, sgin i ond gobeithio bydd hi'n ffit o dywydd 'ta beth.'

'"Na phryderwch am yfory", Eilir Thomas,' ebe'r Tad Finnigan yn ffyddiog, yn codi'i frwsh i gyfeiriad y nefoedd. 'Fe ofynnaf i'r Tad Sanctaidd anfon ei haul ef arnom. Bore da, rŵan.'

'Bora da, Jim.'

Ac yntau bron â chyrraedd yn ei ôl i'r tŷ, chlywodd Eilir mo fan bysgod Now Cabaits (a dim ond ym Mhorth yr Aur y ceid 'Now Cabaits' yn gwerthu pysgod) yn llithro heibio ac yna'n stopio'n esmwyth lathen neu ddwy o'i flaen. Yn wahanol i bicyp Llawr Dyrnu, roedd fan wen Now Cabaits yn troi mor dawel ag injian bwytho a'r perchennog yr un mor lanwaith â'i gerbyd.

Wedi i ddwy archfarchnad newydd agor ar gwr y dref, ac i osgoi cystadleuaeth rhy galed gyda Siop Glywsoch Chi Hon, bu rhaid i Now brynu fan a mynd o bentref i bentref, ac yn wir o dŷ i dŷ, i werthu'i bysgod. Ar ochr y cerbyd, yn lliw glas y môr, roedd y geiriau 'Owen C. Rowlands, Gwerthwr Pysgod / *Fishmonger*', a broliant Cymraeg o dan yr enwau, 'Pysgod yn Syth o'r Môr' – ond heb fanylu pa fôr. Damcaniaeth Ceinwen oedd mai pysgod wedi'u magu yn yr eigion tu allan i Grimsby oedd y rhai a werthai Now a rheini wedi'u helcyd ar draws gwlad i Borth yr Aur yn dameidiau wedi'u rhewi'n gorn.

Pwysodd Now Cabaits fotwm electronig a llithrodd ffenest sedd y gyrrwr i lawr yn gwbl dawel. 'Llythyr ichi, Mistyr Thomas, gin John James, y twrna. Gwbod 'mod i'n pasio, medda' fo, a meddwl y basa fo'n arbad stamp.'

'Wela i.'

'Ma' gynno fynta, yr hen dlawd, gegau ychwanegol i'w bwydo rŵan,' ychwanegodd Now yn arferol ffeind, 'ac ma' stampiau wedi mynd yn bethau bach drud sobr.'

'Diolch ichi, Mistyr Rowlands.'

'Sdim raid i chi'n tad a finnau'n pasio fel hyn. Deudwch wrth Musus y do'i heibio iddi hi fory. Mi fydd gin i lwyth o bysgod ffresh erbyn hynny.'

'Mi ddeuda i wrthi.'

'Dydd da i chi rŵan, Mistyr Thomas. A diolch.'

Wedi cychwyn hyd mochyn, stopiodd Now y fan drachefn a gwthio'i ben allan at yn ôl a gweiddi, 'Gyda llaw, rhowch enw'r wraig a finnau i lawr i fynd ar y trip balŵn, newch chi?'

'Ond, Owan Rowlands, does yna ddim sicrwydd y bydd yna falŵn yn mynd i fyny.'

'Siŵr iawn. Does yna ddim garantî am ddim yn hyn o fyd. Yr awr ni thybioch ydi hi, 'te? Ond rhowch ein henwau ni'n dau ar y list yr un fath. A diolch ichi.' Wedi symud hyd mochyn arall ymlaen, stopiodd Owen Rowlands eto, gwthio'i ben allan ac ychwanegu, 'Os bydd yna le sbâr 'te, rhowch enw brawd Musus acw a'i wraig i lawr ar y list. Ma' nhwthau ar 'u pensiwn, a rioed wedi bod mewn eroplen. Dydd da, rŵan. A diolch ichi.' A llithrodd y fan ymlaen, i fyny'r allt, ac i gyfeiriad y wlad.

Rhwygodd Eilir yr amlen ddistamp yn agored gyda'i fys a'i fawd i gael gweld pa neges tybed a oedd gan John James o gwmni *James James, James John James a'i Fab, Cyfreithwyr*. Bil am ryw gymwynas nas gofynnodd amdani, mae'n fwy na thebyg. I'r gwrthwyneb, cynnig cymwynas roedd y cyfreithiwr y tro hwn a hynny ymlaen llaw. I ddechrau, roedd John James, mewn paragraff gwastraffus o hir, yn dymuno anfon ei gofion 'yn gynnes ryfeddol' at Musus Thomas – ac mae'n fwy na thebyg iddo'i gweld yn gynharach y bore hwnnw, naill ai wrth y pympiau petrol neu mewn ryw siop neu'i gilydd – a'i fod yn falch 'ryfeddol' ei bod hi'n cadw'i siâp mor dda. Bu bron i'r Gweinidog ddarnio'r llythyr yn y fan a'r lle, heb ddarllen gam ymhellach. Wedi rowndio'r byd, neges John James oedd dymuno atgoffa'r Gweinidog a'r eglwys o fawr beryglon y balwnio, yn arbennig felly o gofio mai ei dad-yng-nghyfraith, Shamus Mulligan, a fyddai'r peilot. Ychwanegai, ei fod yntau bellach, oherwydd amgylchiadau, yn asiant i gwmni yswiriant a arbenigai mewn risgiau uchel – *johnjames@risguéinsurance.co.uk* – ac y byddai'n fwy na balch o lunio polisi ar gyfer pwy bynnag a ddymunai wneud hynny. Gwthiodd Eilir y llythyr i boced ei drowsus a phenderfynu'i losgi'n golsyn cyn gynted ag y gwelai lygedyn o dân.

Pan gyrhaeddodd Eilir y tŷ, wedi loetran mwy nag a ddylai, roedd Ceinwen yn y gegin yn paratoi brechdanau i'r ddau i ginio.

''Ddrwg gin i fod fymryn yn hwyr, Cein.'

'Iawn.'

'Gweld hwn ac arall 'nes i.'

'Ia.'

'Yli, mi ro i'r tegall ymlaen inni ga'l panad.'

'Reit.'

O gael atebion unsillafog holodd ei gŵr, 'Ceinwen, 'ti ddim yn dda ne' rwbath?'

'Yn gorfforol, dw i'n iawn.'

'O. Dda gin i glywad hynny.'

'Yn emosiynol, dwi'n racs.' Roedd tuedd yng ngwraig y Gweinidog i orliwio pethau ar adegau.

'Be sy, felly? Dy oed ti ydi o, ne' rwbath?'

'Eilir,' a rhoi'r gyllell fenyn o'i llaw, ''sa ti'n gweld bai arna i am fynd i ffwrdd hefo'r boi llnau ffenestri?'

'Dibynnu p'run o'r ddau.'

'Y fenga. Hwnnw hefo modrwy yn 'i drwyn. Jason dw i'n meddwl ydi'i enw fo.'

'Mae o'n saffach na'i dad, hwyrach.'

'Gwranda Eilir, pam na fasat ti wedi deud rwbath wrtha i am y busnas balwnio 'ma?'

'O! Hwnnw sy'n dy gorddi di?'

'Ia, hwnnw!'

'Ond Ceinwen bach does yna ddim wedi'i drefnu. Dim o gwbl. Syniad yn y gwynt ydi'r cyfan.' Dechreuodd Eilir chwerthin am ben ei ddigrifwch ei hun, 'Syniad yn y gwynt. Balŵn . . . gwynt.'

'Dydi hi ddim yn amsar i chwerthin, Eilir Thomas.'

'Ond gwranda, Ceinwen, sdim isio gneud môr a mynydd o'r peth. Fel deudis i, dydi'r peth ddim ar y gweill. Hyd y gwn i. Dydw i ddim wedi deud dim wrth y Blaenoriaid eto.'

'Ond y fi 'ti wedi briodi.'

'Sut?'

'Fi 'ti wedi briodi. Nid y Blaenoriaid.'

'Wn i. Clyw, digwydd taro ar Mulligan 'nes i.'

'Cwmni i'w osgoi 'swn i'n ddeud.'

'A fo ddeudodd fod o newydd basio'n beilot.'

'Yn beilot? Fflio be? Spwtnics?'

'Balŵns 'te. Ac mi ddigwyddodd groesi fy meddwl i, fel bydd rhywun yn hel meddyliau, hwyrach y bydda fo'n owting gwahanol i'r hen bobol – wrth ein bod ni'n methu â meddwl am rwla arall i fynd â nhw.'

'Owting i hen bobol? Hefo balŵn? Mewn basgiad?'

'Ond felly ma' nhw'n mynd â phobol i fyny. Balŵn, ac wedyn basgiad yn sownd wrth y peth, i gario'r bobol.'

'Mynd i fyny mewn balŵn a Mulligan wrth y llyw? 'Ti allan o dy bwyll ne' rwbath?'

'Ac fel deudis i'n barod, dydw i ddim wedi yngan gair am y peth wrth neb. Wrth neb.'

'Dim gair, ddeudist ti? Dydi'r rhan fwya o henoed y dre 'ma wedi dechrau chwilio am 'u thyrmals, yn barod. Ac mae yna un neu ddau wedi gyrru am basport, mewn camddealltwriaeth. Dyna'r stori sy ar dafod pawb drwy'r dre i gyd. I bob siop ro'n i'n mynd iddi'r bora 'ma, doedd yna sôn am ddim ond y balŵn. O ble roedd o'n cychwyn, am faint o'r gloch, a sut roedd archebu tocynnau, ac yn y blaen. Yli, Eilir, ista am funud, nei di, inni ga'l sgwrs gall,' ac eisteddodd y ddau o bobtu'r bwrdd. ''Ti 'di meddwl o gwbl am ddiogelwch y peth?'

'Do. Wel, a naddo.'

'Naddo 'swn i'n ddeud. Fedri di feddwl am fwy o risg na mynd i fyny mewn balŵn hefo Shamus Mulligan? Achos fedra i ddim.'

'Ma' gin ti bwynt, ma'n debyg.'

'Mi gofi'r tarmac hwnnw sy byth heb gledu?'

'Dydi pob darn ddim wedi llawn gledu, hwyrach.'

'A'r polish lloriau.'

'Wn i.'

'A'r cwt plastig hwnnw golapsiodd â'i lond o bobol?'

'Ond peth gwahanol ydi hwn Cein.'

'A chanmil mwy peryglus 'swn i'n ddeud. Fydd mynd â nhw i fyny i'r awyr, os bydd hi'n oer, neu'n digwydd bod yn wlyb, yn ddigon am einioes pobol sy mewn oed mawr.'

'Ond mi fydd hi'n fis Gorffennaf, bydd? A pheth arall,

roedd y Tad Finnigan yn deud wrtha i y medra fo warantu tywydd braf, ar y diwrnod.'

'Ac mi rwyt ti wedi bod yn trafod y peth felly? Hefo un person o leia.'

'Do. Ond y fo, nid fi, gododd y pwnc.'

Rhoddodd Ceinwen ei llaw yn dyner ar law ei gŵr, edrych i fyw ei lygaid a gofyn iddo, "Ti'n fy ngharu i, Eilir?'

Hwnnw oedd y cwestiwn a'i lluchiai ar wastad ei gefn bob tro. Doedd o byth yn sicr iawn sut i ateb cwestiwn eneidiol o'r fath, o leiaf o dan amgylchiadau cyffredin, a gefn dydd golau ar ben hynny. Gwamalu oedd ei ffordd osgoi. 'Ydw. Yn fwy hwyrach hyd yn oed na'r boi llnau ffnestri 'na. Y fenga o'r ddau.'

'Os hynny, mi roi stop ar y cyfan cyn iddi fynd yn rhy ddiweddar? Nei di, Eil? Er fy mwyn i. Ac er mwyn pawb arall.'

Yn eigion ei galon gwyddai Eilir mai'i wraig oedd yn iawn, fel y rhan fwyaf o'r amser. 'Reit Ceinwen. Mi adawa i'r matar lle mae o. Mi geith farw cyn dechrau byw.'

'Dyna be ydi hogyn call. Be gymri di ar dy frechdan? Caws 'ta tiwna?'

'M . . . tiwna.'

Bu tawelwch am eiliad; Ceinwen yn llenwi'r brechdanau a'i gŵr yn rhoi'r dŵr berwedig ar y tebot.

Penderfynodd Eilir ei bod hi'n ddiogel, erbyn hyn, i fentro tynnu mymryn bach ar y goes arall. 'Cofia, ma' gin John James bolisïau yswiriant ar gyfar digwyddiadau o'r fath,' a thynnu'r llythyr crychlyd o boced ei drowsus. 'Yli be ddaeth imi'r bora 'ma, hefo fan bysgod Now Cabaits. Gyda llaw, mae o am alw yma fory.'

'John James?'

'Na, Now.'

'Wela' i.'

Wrth ddarllen llythyr geiriog 'ryfeddol' John James, o gwmni *James James, James John James a'i Fab, Cyfreithwyr,* daeth y wên arferol yn ôl i wyneb Ceinwen ac iachawyd ei hysbryd. 'Wel, yr hen gena iddo fo.'

'Gorfod hel rhagor o fwyd i'r nyth mae o, cofia.'

Yna, canodd cloch y drws ffrynt. 'Eil, drycha pwy sy'na, nei di?'

'Iawn.'

Drwy wydr barugog y drws ffrynt gwelodd Eilir siâp ystol a thu cefn i'r ystol arlliw o'r dyn glanhau ffenestri – yr ieuengaf o'r ddau, yn ôl y seis. 'Ceinwen, mae o wedi dŵad.'

'Pwy?' ac yn dal i ddarllen.

'Jason.'

'Jason? Pa Jason?'

'Jason llnau ffnestri!'

'Tala iddo fo, nei di?'

'Reit.'

'A deud y do' i hefo fo . . . wsnos ar ôl y nesa.'

* * *

Wrth gerdded i lawr y Grisiau Mawr i gyfeiriad yr Harbwr roedd y Gweinidog yn ddigon balch iddo wrando ar ei wraig, am unwaith, a golchi'i ddwylo oddi wrth yr holl beth. Bellach, roedd o'n cael mynd i wylio'r hwyl fel dinesydd cyffredin, heb deimlo unrhyw gyfrifoldeb, ac o bellter diogel, gobeithio. Yn groes i'w hewyllys braidd y cytunodd Ceinwen i ddod i'w ganlyn. Ofn, mae'n debyg – o gofio rhai o brofiadau annymunol y gorffennol – na fyddai pob drws wedi'i gau'n ddigon tynn ac y gallai ambell geffyl ddianc hyd yn oed ar yr unfed awr ar ddeg.

Bu'r 'Tad Sanctaidd', chwedl Finnigan, cystal â'i air (neu air rhywun uwch na hwnnw, hwyrach) ac roedd y Sadwrn cyntaf yng Ngorffennaf yn ddiwrnod arbennig o heulog. Hwyrach nad oedd yr 'hatshis', y cyfeiriodd Shamus atynt, wedi'u cau'n llwyr oherwydd, serch yr heulwen, roedd hi'n anarferol o wyntog. Allan yn y bae roedd gyrr o geffylau gwynion yn prancio'i hochr hi, fflyd o gychod yn bobian yn benfeddw yn yr Harbwr a hwyl sawl llong yn cael ei phlygu gan y gwynt nes ei bod hi'n gydwastad â'r tonnau.

'Dydi hi ddim yn bnawn i fynd i forio, Eil. Beth bynnag am falwnio.'

'Na, traed ar y ddaear piau hi pnawn 'ma.'

'A phawb i roi plwm yn 'u sgidau 'swn i'n deud.'

O edrych ar hytraws i gyfeiriad y penrhyn, roedd llechwedd y Morfa Mawr yn ddu o bobl ac ar y brig, gyferbyn bron â charafanau lliwgar y Mulliganiaid, roedd y balŵn hirddisgwyliedig a hwnnw'r un mor lliwgar. O'r pellter hwnnw hyd yn oed, gallai'r ddau ddarllen y geiriau *'McLaverty Enterprises'* wedi'u llythrennu ar ei groen.

Cafodd y Gweinidog a'i wraig waith caled i rychu'u ffordd drwy'r dorf a oedai ar yr Harbwr; amryw yn awyddus i'w llongyfarch, yn dal i dybio mai hwy eu dau a oedd yn gyfrifol am yr holl rialtwch. Gofidiai un neu ddau o'r aelodau na fyddai Eilir wedi mynd yn beilot yn hytrach nag yn bregethwr, ac felly wedi cael mwy o lwyddiant gyda'i waith.

Wedi cyrraedd pen y Morfa Mawr gwelodd y ddau bod rhagor i'r diwrnod na balwnio. Roedd yno stondinau'n gwerthu'r *Home Brew* marwol a'r *Pure Spring Water*, y *Skidshine Floor Sealer* a'r mawn gwyrthiol hwnnw a dyrchid – heb drwydded, mae'n debyg – o gorsydd Connemara. Tu draw i'r balŵn roedd yna gasgliad o wahanol beiriannau. Yno, roedd Fred Phillips, Plas Coch, yr adeiladydd, yn arddangos ei degan diweddaraf: yr awyren microleit a fu'n gweryru'n ôl a blaen uwchben Porth yr Aur am haf cyfan nes byddaru pawb.

Penderfynodd Eilir a Ceinwen lechu ar ymylon y dorf a sbecian drwy'r dyrfa fel petai.

''Drycha pwy sy'n gyrru'r wedd, Eilir,' pwniodd Ceinwen.

'Cecil 'di hwnna.'

'Ia. Ond deud i mi pwy ydi'r ddynas 'na sy wrth 'i ymyl o?'

'Dynas? Pa ddynas?'

'Honna sy' wedi gwisgo fel Amy Johnson.'

'Shamus ydi honna . . . ydi hwnna.'

'Yn y rigowt yna?' A chyda chap â chlustiau iddo, côt ledr a'i choler ffwr yn dynn rownd ei wddw a phâr o gogls trymion yn gorffwys ar ei dalcen edrychai Mulligan yn hynod debyg i Amy Johnson ar gychwyn o draeth Pendein am y Merica yn y Tridegau.

Ar y llaw arall, cerddai Cecil yn ôl a blaen mewn tracsiwt felen, chwistl rownd ei wddw a chlipbord mawr o dan ei gesail, 'Un ar y tro, *one at a time, ladies and gentlemen. If you don't mind.* Thenciw *all.*'

Rhyfeddodd y Gweinidog wrth weld oedran a chyflwr corfforol rhai o'r cwsmeriaid yn y ciw, 'Ond Ceinwen bach, mae amryw o'r rhain yma ar 'u baglau.'

'Ac mi dw innau wedi cyfri o leia wyth cadair olwyn.'

'Y Siswrn wedi'u llusgo nhw yma, beryg, o'r Porfeydd Gwelltog,' a chyfeirio at y cartref henoed y gofalai Cecil amdano.

Ychydig a feddyliai'r Gweinidog a'i briod, ar y pryd, mor dda fu i Shamus Mulligan wrth help llaw y torrwr gwalltiau'r pnawn hwnnw. Wrth bod Mulligan yn cael trafferth i gael un o'r poteli i ollwng y nwy allan gyda chysondeb, ac wrth bod cynifer yn begian arno am gael mynd i fyny gyda'r llwyth cyntaf – rhag ofn i'r nwy ddarfod cyn pryd – daeth y Siswrn i'r adwy. Serch ei odrwydd, neu o'i herwydd, roedd gan Cecil ddawn i neidio i'r llwyfan ar adegau o argyfwng a rheoli sefyllfaoedd a oedd ar fynd yn flêr.

Gan mai pensiynwyr o Gapel y Cei oedd i gael mynd i fyny yn ystod y pnawn, penderfynodd Cecil wneud lotri o'r peth. Mewn byr amser rhoddodd enwau llwyth un fasged ar dudalen o bapur a'u didoli i gyntaf, ail a thrydyddd yn ôl y nifer o gyfarfodydd y capel y buont yn eu mynychu rhwng dechrau Ebrill a diwedd Mehefin. Syrthiodd dau a oedd ar flaen y ciw allan yn y fan: un heb fod mewn oedfa ers dwy flynedd ac un arall, a oedd mewn oed mawr, heb fod yno er diwedd yr Ail Ryfel Byd. Ond rhuthrodd dau arall ymlaen i lenwi'r bylchau.

'Dowch inni weld, *ladies and gentlemen, let's see who's for the high jump.* A! *Top of the poll, our very own* Musus Meri Morris. Os stepiwch chi i mewn i'r fasgiad Musus Morris, cariad.'

Doedd hi ddim yn hawdd iawn i Meri beidio â bod ar y rhestr. Roedd hi'n bresennol yn y capel ar bob achlysur posibl ac ar adegau annisgwyl; yn gosod blodau neu'n dystio stafell y Blaenoriaid, yn sbringclinio'r cypyrddau neu ar ei gliniau'n crafu tjiwin gým oddi ar y lloriau ar ddiwedd ysgol Sul – heb sôn am fod ym mhob oedfa.

Wedi i Meri Morris gamu i mewn camodd 'Amy Johnson' allan. Fel roedd y dyrfa'n gwthio yn erbyn y fasged wellt a honno'n dechrau simsanu cerddodd Meri i'r pen arall a chydio yn rhywbeth neu'i gilydd i sadio'i hun. Yn y fan, bywiogwyd y fflamau tân, cododd sŵn chwythu ysgafn a chan nad oedd neb yn dal y fasged i lawr dechreuodd y balŵn godi'n osgeiddig i'r awyr, a mynd yn uwch ac yn uwch. Cyn i fawr neb sylweddoli hynny roedd Meri yn y awyr, yn rhythu i lawr dros ymyl y fasged ac awel ffresh o'r môr yn codi'i sgert i fyny dros ei chluniau.

'Ond, Eilir, ma' Meri Morris yn yr awyr.'

'A neb hefo hi.'

'Gwna rwbath.'

'Ond be fedra i neud?'

Cerddodd braw drwy'r dyrfa. Dechreuodd Shamus redeg yn ôl a blaen ar hyd a lled y cae â'i ben yn yr awyr, fel rhyw gi defaid dwl yn rhedeg ar ôl brân, a gweiddi yn ei hanner Cymraeg ar i Meri gau ryw dap neu'i gilydd. Ond roedd Meri Morris, druan, erbyn hynny tu hwnt i glywed Shamus na'i weld yn glir o ran hynny.

Gyda chil ei lygaid gwelodd Cecil ei Weinidog ar gwr y dyrfa a rhedodd tuag ato a'i gofleidio, 'Mistyr Thomas, siwgr, gnewch rwbath. *Do something. For Cecil's sake!*

'Ond, Cecil, be fedra' i neud?'

'Triwch weddïo *for a start.*'

Yna, rhedodd Freda Phillips at ei gŵr a'i gomandio i weithredu, 'Twdls!'

'Ia?'

'Fyny â chi!'

'Y'?

'Erborn, Twdls!'

Disgynnodd y geiniog, 'Reit, Blodyn.'

Bu Phillips wrthi am sbel cyn cael y moto–beic–hefo–adenydd i danio. Ond wedi iddo lwyddo i godi i'r awyr – a phawb yn curo dwylo – roedd Meri erbyn hynny yn cael ei chario gan gerrynt cryf i gyfeiriad y mynyddoedd a Fred, serch pob dadlau hefo'r gwynt, yn mynd allan am y môr a'r 'hen linell bell nad yw'n bod'.

Dechreuodd y dyrfa ystwyrian, a galw am bennau i'w torri.

'Mulligan, lle mae o?'

'Ia, lle mae o?'

Ond roedd Shamus wedi gweld y golau coch cyn i hwnnw godi a doedd dim sein ohono yn unman.

'Y garafan, hogiau!'

'Ia, y garafan amdani.'

'Rhown ni hi ar dân!'

Yn araf deg, dechreuodd y dyrfa droi'n ôl am y dref; Ceinwen ac Eilir yn eu plith. Ond dau bryderus iawn a ddringai'r Grisiau Mawr am adref diwedd y pnawn hwnnw.

''Ti'n meddwl, Eilir, y daw Meri Morris yn ôl i'r ddaear?'

'Mi ddyla ddŵad. Ma' pob dim sy'n mynd i fyny, medda nhw, bownd o ddŵad i lawr, rywbryd. Deddf disgyrchiant ma' nhw'n galw'r peth.'

'Ond ella bod yna eithriadau i'r ddeddf.'

'Y?' a theimlo'i hun yn mynd yn oer. 'Wel os na ddaw hi, mi fydd yn chwith iawn hebddi.'

'Bydd, yn chwith goblyn.'

* * *

Noswaith o gysgu ysbeidiol a gafodd y Gweinidog a'i wraig y noson honno. Deffro bob chwarter awr a meddwl tybed ymhle roedd Meri Morris a'r balŵn erbyn hynny. Cwsg anesmwyth a gafodd amryw o drigolion eraill Porth yr Aur hefyd. Serch sawl peint a surodd ar garreg sawl drws o'u gadael yn rhy hir yn llygad yr haul, a gorfod talu amdanynt, roedd Meri'n adnabyddus i bawb drwy'r dref ac yn uchel yn llyfrau amryw o bobl. Ar wahân i Ffrîd, ei wraig, ychydig a bryderai am ffawd Fred Phillips druan; sment wedi cracio cyn hanner sychu a llechi newydd eu gosod yn disgyn fel conffeti oedd y drwg.

Wedi brecwast sydyn ac anarferol o gynnar, penderfynodd y Gweinidog bicio i lawr i'r dref i weld a oedd unrhyw newyddion am y ddau. O edrych i lawr ar y dref oddi tano gwelodd gwmwl o fwg yn codi o rhwng y siopau ac yna sŵn tisian a bacffeirio, bacffeirio a thuchan. Rioed? Dwalad, y gŵr, mae'n debyg, oedd yn danfon y llefrith ar ei rhan. Dawnsiodd ei ffordd i lawr y Grisiau Mawr mor gyflym â phosibl i gael gwybod sut roedd pethau.

'Mistyr Thomas, chi sy'na?'

Taflodd y Gweinidog gip i ochr arall y stryd i weld Meri, gyda chrêt o lefrith yn un llaw a bocsiad o wyau ffresh yn y llaw arall, yn trotian o ddrws siop i ddrws siop. 'Dach chi'n iawn, Meri Morris?'

''Rioed yn well, ar wahân 'mod i fymryn bach yn stiff, hwyrach,' meddai Meri. ''Swn i'n well wedyn tasa'r pethau ifanc 'ma'n penderfynu be ma' nhw isio. Un dwrnod ma' nhw isio dau beint o laeth iawn a pheint o laeth hannar-yn-hannar. Drannoeth wedyn, ma' nhw'n newid 'u meddyliau, ac isio dau beint o laeth sy'n hannar dŵr a pheint o laeth sy'n llaeth i gyd. Dwn i ddim be ddaw o'r oes, Mistyr Thomas bach.'

'Pryd daru chi landio?'

'Y?'

'Sut daethoch chi i lawr. Hefo'r balŵn?'

'O! holi sut dois i lawr dach chi?' meddai Meri mor ddidaro

â phetai hi wedi bod ar drip Merched y Wawr. 'Wel, mi welis ryw damad o linyn yn hongian ac mi dynnis yn hwnnw ac, yn anffodus i mi, mi ddisgynnodd y peth ar glawdd y cae tu cefn i'r tŷ 'cw. Finnau wedi meddwl ca'l gweld dipyn mwy ar y wlad 'te wedi imi dalu am ga'l mynd i fyny.'

'Ond doedd Shamus, y peilot, ddim hefo chi,' pwysleisiodd y Gweinidog yn ceisio'i goleuo ynghylch y mawr berygl y bu ynddo.

'Be, oedd hwnnw i fod i ddŵad i fyny hefo mi?' ebe Meri'n dalp o anwybodaeth. 'Llawn gwell gin i fod wedi ca'l mynd i fyny fy hun na bod hwnnw yn 'y ngwynt i.'

'A ddaru chi ddim brifo?'

'Brifo? Dwalad 'cw frifodd fymryn.'

'Tewch chithau.'

'Roedd y peth wedi landio ar lwyn o ddrain gwynion ac mi sgratsiodd Dwalad chydig ar un fraich wrth 'nhynnu i allan o'r fasgiad. Dyna'r cwbl. Heblaw roeddan ni'n dau wedi gneud ryw bolisi bach hefo John James, rhag ofn i bethau fynd o chwith 'te. A hwyrach y cawn i ad-daliad am beth felly.'

'Wel ia,' ond yn methu â dilyn y rhesymeg yn llawn.

'Ond rhaid i chi fy esgusodi, Mistyr Thomas,' ebe Meri, yn trotian ymlaen at ddrysau rhagor o siopau a oedd ar fin agor. 'Wrth mod i wedi colli pnawn ddoe ma' gin i fwy o waith ar 'y nwylo bora 'ma nag arfar. Bora da ichi, rŵan.'

Ymhen wythnos union y dychwelodd Fred Phillips a'i ficroleit; grwnian yn hamddenol dros yr Harbwr a'r dref a landio'n esmwyth ar un o lawntiau gwyrddion Plas Coch. Ymhle bu Fred gyhyd doedd neb yn gwybod. Taerai rhai iddo fod mewn ras milgwn yng nghyffiniau Birkenhead a thaerai eraill iddo aros noson neu ddwy hefo gwraig sengl ar gyrion Bangor. Ond doedd neb yn siŵr iawn. Mewn tref fel Porth yr Aur mae'r ffin rhwng ffaith a dychymyg yn un hynod o denau ond bod y ddwy ffin, weithiau, yn gorgyffwrdd ei gilydd.

5. *Y 'NITI-GRITI'*

Un pnawn, pan oedd y Gweinidog yn teithio'n ôl yn ei gar i Borth yr Aur o gyfeiriad Cwm Oer, yn union wedi pasio Cyfarthfa – cartref John James, y cyfreithiwr, a'i wraig ifanc – aeth ar ei ben i dagfa draffig nad oedd wedi amseru ar ei chyfer. Roedd hi'n amlwg ei bod hi'n gryn dagfa a'i bod hi wedi bod felly am amser maith. Yn ei rwystredigaeth, roedd un gyrrwr lori wedi mynd i ben clawdd ac yn craffu drwy sbenglas gref i geisio gweld beth oedd y broblem. Sylwodd Eilir ar un teulu – ymwelwyr o Saeson, mae'n debyg – wedi tynnu bwrdd a chadeiriau plastig allan o gist y car ac yn ymosod ar bicnic. Cyn hir, dechreuodd gyrwyr y bysys a'r loriau ganu cyrn i weld a fyddai hynny'n tycio. Ymhen hir a hwyr dechreuodd y drafnidiaeth symud ymlaen ond ar gyflymdra malwen oedrannus.

Wedi rowndio'r drofa a chyrraedd Y Porfeydd Gwelltog, y cartref henoed, daeth yn stop arall ond erbyn hyn roedd hi'n bosibl iddo weld beth oedd achos y dagfa. Hanner canllath o'i flaen roedd un o loriau Shamus Mulligan a rhai o'i feibion yn pwyso ar eu rhawiau. O flaen y lori roedd yna glamp o graen, un lliw melyn, a'r geiriau 'Shamus O'Flaherty Mulligan a'i Feibion' yn ysgrifenedig ar ei jib.

Pan oedd y goleuadau'n troi i wyrdd am foment a phethau'n dechrau ailsymud, sylwodd y Gweinidog ar fraich gydnerth y craen yn codi clamp o arwydd ffordd i fyny, yn ei droelli yn yr awyr unwaith neu ddwy, cyn ei ollwng i lawr i'w le mewn man arall. Rhuthrodd dau o feibion Shamus i'r cyfeiriad. Wedi symud cam neu ddau arall' ymlaen, daeth yn ddigon agos i weld mai Shamus ei hun a weithiai'r goleuadau ac mai dyna'r rheswm, mae'n debyg, am yr hir oedi.

Pan oedd Eilir o fewn hyd tri char i groesi i ryddid, nabododd Shamus *Passat* y Gweinidog a phwyso botwm. Neidiodd y golau o wyrdd i goch, yn gynamserol – heb brin oedi ar y melyn. Yna, cerddodd y tincer at y car yn hamddenol, ei gôt oel yn llydan-agored, y cap gwau yn ôl ar ei gorun a'i ddannedd melynion yn wên i gyd.

'Neis gweld chdi, Bos.'

'Ydi, debyg. Tasa mwy o amsar, a llai o draffig.'

'Dal dy ddŵr, Bos bach. Ma' 'ogiau Shamus jyst â darfod y job.' Yna, pwyntiodd at yr arwydd ffordd a oedd newydd ddisgyn i'w le a'r hogiau'n smentio o gwmpas ei fôn. 'Nei di darllan o i Shamus, Bos, wrth bod lot ohono fo yn Gymraeg?' Dyna'r cyfle cyntaf a gafodd y Gweinidog i ddarllen yr arwydd newydd:

PORTH YR AUR
Gefeilliwyd gyda / *Twinned with*
Ballinaboy, Eirann
Gyrrwch yn araf *Drive slowly*

'Pryd digwyddodd hyn, Shamus?'

'Jyst rŵan, ia? Pan oeddat ti'n ista ar dy din yn car chdi.'

'Na, na. Pryd y penderfynwyd gefeillio hefo Ballinaboy, yn y Connemara?'

'O! dyna sy'n meddwl chdi. Daru Tad Finnigan, ia, rhoi crêt o *Home Brew* Yncl Jo i Taid Plas Coch,' a chyfeirio at ei gyd-dad-yng-nghyfraith, 'a daru fo, wedyn, troi braich town cownslyrs. A daru'r peth jyst digwydd.'

O wybod am Gyngor Tref Porth yr Aur roedd Eilir yn weddol sicr fod dehongliad Mulligan o'r hyn a ddigwyddodd yn weddol agos at fod yn un cywir.

Erbyn hyn, roedd y Gweinidog yn fwy nag ymwybodol fod yna fyddin fileinig o yrwyr anhapus o'r tu cefn iddo, yn ei alw yn bob enw mae'n debyg ac yn udo am ei waed. 'Well imi symud rŵan, Shamus. Os ca i?'

'Sdim rhaid i chdi mynd cofia,' meddai hwnnw yn gwbl ddidaro. 'Gin Shamus digon o amsar 'sti.'

'Na wir. Ma' rhaid imi fynd.'

Pwysodd Mulligan y botwm a ramiodd y Gweinidog ei gar i'w gêr gan fwriadu cychwyn ar y melyn. Yna, cofiodd Shamus fod ganddo gwestiwn arall i'w ofyn. Daeth yn ei ôl eto at ffenest y car a'r golau'n cael ei gadw ar felyn, "Ti'n mynd i'r miting heno, Bos?'

'Cyfarfod? Pa gyfarfod?'

'Hwnnw i drefnu *Summer Festival*, ia?'

'O hwnnw.' A dyna'r foment – serch mai ef oedd ei Lywydd – y cofiodd am y pwyllgor a alwyd i drefnu Gŵyl Haf flynyddol Porth yr Aur. 'M . . . ydw.'

'Gneith Shamus gweld chdi yno, ia? Gin Shamus lot o *good ideas*, 'sti.'

'Reit,' a phendefynodd y Gweinidog fynd drwodd ar y melyn doed a ddelo. Wedi rowndio'r craen, pwysodd ar y sbardun a'i gloywi hi i lawr am y dref. Yn ôl yr holl draffig oedd ar ei war, ac yn ei wthio ymlaen, roedd amryw eraill wedi dilyn ei esiampl a chroesi cyn i'r goleuadau lawn newid.

Wrth lithro i lawr y rhiw i gyfeiriad yr Harbwr dychmygai fel byddai Shamus, am yr hanner awr nesaf, yn cael ei regi drwy ffenestri agored – nid bod hynny'n debyg o fflatio dim ar ei ysbryd. O weld ambell yrrwr mwy blin na'i gilydd yn dynesu, byddai'n debyg iawn o droi'r golau yn ôl i goch a'i ddal am dipyn. Doedd Shamus Mulligan ddim yn ddyn i sefyll yn ei olau'i hun.

*   *   *

Pan oedd Eilir yn cyrraedd porth yr eglwys blwy y bore Sul

cyntaf o Orffennaf roedd Dic Walters, y Person, ar ei ffordd allan a'i wenwisg yn barasiwt o'i ôl.

'Dda gin i dy weld ti'r hen ddyn. Fûm i rioed yn falchach a deud y gwir.'

'Hynny'n beth newydd, Dic.'

'Gwranda, dydi pum munud cyn y Foreol Weddi ddim yn amser i wamalu,' ac roedd y llyn llefrith arferol yn ewyn gwyn. 'Fedri di, wrth dy fod ti'n 'i nabod o, berswadio'r Gwyddal meddw 'na i beidio â diffodd pob cannwyll sy yn y lle 'ma, a gyrru'r adeilad i dywyllwch llwyr?'

'At McLaverty 'ti'n cyfeirio?' atebodd y Gweinidog, yn dyfalu'n gywir ar y cynnig cyntaf.

'Ia. Os mai dyna ydi'i enw fo.'

'Be am y Tad Finnigan? Ydi o wedi landio?'

'Ydi.'

'Wel un o'i ddefaid o ydi o. Fedar o mo'i atal o?'

'Hwnnw sy'n 'i gymell o 'te.'

'Be? Ond dyna fo, chdi, Dic, sy wedi tynnu'r tŷ ar dy ben di dy hun.' Ac roedd hynny'n hollol wir.

Yr arfer oedd agor Gŵyl Haf Porth yr Aur gyda gwasanaeth yn un o addoldai'r dref. Yn ei thro, bu'r oedfa yng Nghapel y Cei – er nad oedd digwyddiad o'r fath yn apelio llawer naill ai at y Gweinidog nac at y gynulleidfa. Fodd bynnag, yn y Cyngor Eglwysi olaf i'w gynnal cyn yr Ŵyl, roedd y Person, Dic Walters, wedi dadlau'n gadarn mai'r 'Fam Eglwys', chwedl yntau, oedd y lle priodol i gynnal pob gwasanaeth dinesig a gynhelid oddi fewn i ffiniau'r plwy.

Y noson honno, aeth y Tad Finnigan yn ddarnau, 'Pa hawl sy gan y Parchedig Walters,' holodd â'i wyneb yn domato aeddfed, 'i gyfeiro at ei eglwys fel mam? Nid yw'n hanesyddol gywir. Roedd Eglwys Gatholig yn y tir ymhell cyn i Harri'r Wythfed gael trafferth gyda'i hormonau!' (Beth bynnag am fod yn 'hanesyddol gywir', roedd ymhell o'i le, mae'n debyg, cyn belled ag roedd y corff dynol yn y cwestiwn.) 'Mae'r peth yn anathema ac yn . . . yn gysegr-ladrad!'

'Indeed it is, Father,' eiliodd Kathleen Mulligan, a gynrychiolai'r eglwys Babyddol ar y Cyngor, yn deall y drafodaeth Gymraeg ond ddim am fentro siarad yr iaith yn gyhoeddus, *'And 'tis the honest truth.'*

Yn dilyn, caed trafodaeth ddiwinyddol ddiflas, hir, gyda chryn gyfeirio at gredoau a chanonau'r Eglwys a pheth lluchio baw. Cyfartal oedd y bleidlais, ond gan mai'r hen Ganon Puw oedd y Cadeirydd rhoddodd hwnnw bleidlais y fantol o blaid Dic Walters. O'r herwydd, yr eglwys blwy a orfu. Fodd bynnag, ar ddiwedd y cyfarfod, cytunodd y Tad Finnigan, fel eraill, i gymryd rhan yn yr oedfa undebol – os undebol hefyd. 'A! Bydd yn bleser gennyf ddarllen o'r Ysgrythur yn eich eglwys, y Parchedig Walters. Y mae'r Tad Sanctaidd yn caniatáu inni wneud cymaint â hynny, hyd yn oed mewn mannau nas cysegrwyd.'

Pan gerddodd Eilir i mewn i'r eglwys y bore hwnnw roedd hi'n cael ei datgysegru'n gyflym cyn belled ag roedd canhwyllau yn y cwestiwn. Fel math o uchel-eglwyswr, roedd y Person wedi gosod byrddau bychan, yma ac acw, ac wedi rhoi byddin dda o ganhwyllau wedi'u goleuo ar wyneb pob un ohonynt.

Wrth un o'r byrddau safai Jo McLaverty, yn ddwylath o lipryn main, hynod ystwyth a chysidro'i oed, mewn siwt o wlân Connemara ac anferth o rosyn plastig, coch, yn llabed ei gôt. Tu cefn iddo, safai'r Tad Finnigan – y ddau ohonynt wedi'u hoelio'n dda, mae'n amlwg – yn ei annos i ddal ati.

'You blow out them candles Jo McLaverty and the Holy Father will be truly grateful.'

'I shall surely do that, Father. I shall indeed.'

Yn eu dilyn yn eu gwenwisgoedd, ond fyrddiad neu ddau o'u hôl, roedd dwy wraig, aelodau o gôr yr eglwys, yn ailgynnau cymaint o ganhwyllau ag oedd yn bosibl.

Wedi cael llond ysgyfaint o wynt, plygai'r hen ŵr yn ei ddau ddwbl, mentro'i fwstas claerwyn yn beryglus o agos i'r rhesi canhwyllau, chwythu'i hochr hi a diffodd bataliwn o ganhwyllau ar un anadliad.

'*Ye'r breath smells something terrible, Jo McLaverty. It does indeed.*' ebe'r Tad Finnigan wedi sefyll yn rhy agos ato.

Tynnodd 'Yncl Jo' botel o'r *McLaverty's Home Brew* o'i boced a'i dangos i'r Tad, "*Tis the evil drink, Father. 'Tis surely is. One of these days I must give it up. Indeed I must.*'

'*Tut tut,*' condemniodd yr Offeiriad, yn mynd yn gandryll, '*a staunch Catholic, such as yerself, Jo McLaverty, should never condemn the hard stuff the Good Lord has given us. 'Tis yerself, Jo McLaverty, who should be taking the blame in not eating a healthy breakfast before you get sloshed.*'

'*I am truly sorry, Father,*' ac ymgroesi. '*I am indeed.*'

'*You should always get sloshed on a full stomach. 'Tis that what I always do. You surely know that, Jo McLaverty?*'

'*I do, Father,*' ac ymgroesi eto, '*And may the Mother of God have mercy on my soul.*'

'*That's better. Now you keep blowing out these pagan candles.*'

'*Indeed I will, Father.*' Ac ailddechrau plygu a chwythu.

O safbwynt Eilir, aeth y Foreol Weddi rhagddi'n rhwyddach nag yr ofnai. Wedi iddo ddarllen y llith o'r Hen Destament, yn ddigon carbwl mae'n wir, daeth y Tad Finnigan ymlaen i ddarllen llith o'r Testament Newydd. Hwyrach ei fod fymryn yn sigledig yn cerdded o'i sedd yn y gangell at y ddarllenfa, ond ddim digon felly i neb sylwi ar hynny, ond pan ddechreuodd ddarllen roedd ei Gymraeg Gwyddelig mor glir â'r gloch. O eistedd yn yr ochr, yn edrych tuag at y ddarllenfa, ni allai Eilir beidio â sylwi ar wddw potel *Home Brew* yn sticio allan, yn ddamweiniol, o boced crysbais yr Offeiriad. Pan ddaeth Finnigan at adnod a gyfeiriai at 'y paganiaid yn ein plith' hoeliodd ddau lygad tywyll ar Walters, y Person, cyn mynd ymlaen i ddarllen i ddiwedd y bennod.

I ddwyn yr ymwelwyr o'r Connemara i mewn i'r addoliad gofynnwyd am eitem gan bobl ifanc Ballinaboy. Cododd criw ohonynt ar eu traed – plant ysgol i bob golwg – a mynd ymlaen i gyfeiriad yr allor yn dyrfa swnllyd, amryw yn piffian chwerthin. Wedi ychydig eiliadau o diwnio'u hoffer dyma swingio'r alaw – anaddas braidd i oedfa grefyddol – *The Hills of Connemara*. Gwyddai Eilir y byddai'r *'Glory be to Paddy'* yn yr eglwys blwy yn dân pellach ar groen y Person, fel ar ei groen yntau o ran hynny. Ond roedd y Tad Finnigan i'w weld yn hymian hefo nhw a'i draed yn tapio i'r gerddoriaeth:

A gallon for the butcher and a quart for John
And a bottle for poor old Father Tom
Just to help the poor old dear along
In the hills of Connemara.

Yn ystod y cyfarchiad ar ran yr ymwelwyr o Ballinaboy yr aeth pethau'n wironeddol o chwith. Roedd hi'n amlwg mai Jo McLaverty, fel Llywydd y fintai, oedd i draddodi'r cyfarchiad hwnnw a hynny mewn Gwyddeleg. Pan alwodd y Person arno wrth ei enw, teimlodd McLaverty gymhelliad taer i fynd ati, yn gyntaf, i ddiffodd rhagor o ganhwyllau.

Roedd hynny'n ddigon i ennyn llid hyd yn oed y Tad Finnigan, *'For God's sake, Jo McLaverty, leave those candles well alone. And do as ye'r told!'*

'But they are pagan candles, Father. And you, yerself,' said as much.'

'That might be so, and indeed they are. But ye can blow them out after.'

Bu'n rhaid cael gwraig ifanc, rad yr olwg, o'r Connemra i arwain McLaverty gerfydd ei law at y ddarllenfa. Yn nes ymlaen, wedi sgwrs gyda Shamus Mulligan, y deallodd Eilir mai hon oedd mam y 'babis o Ballybunion' roedd 'Yncl Jo', chwedl Shamus, yn talu *'parental'* drostynt. Wedi'i osod ar ei stondin, gwthiodd y ferch ifanc ddarn o bapur i'w law a'i adael i'w dynged.

Wedi mymryn o igian dechreuodd yr hen ŵr arni a'r Tad Finnigan, a fagwyd ar yr un corsydd, yn ei borthi bob hyn a hyn mewn cywirach Gwyddeleg, mae'n debyg. Wedi dod i ben â'i bwt, penderfynodd McLaverty ddeud gair yn fyrfyfyr. Fforte 'Yncl Jo', wedi peth oelio, oedd adrodd jôcs Gwyddelig ym mharlyrau tafarnau cefn gwlad Connemara – wrth ddynion yn unig.

Ymsythodd, a sadio'i hun drwy gydio yn ymylon y ddarllenfa, *'Have ye heard the one about Father Crawley? One day, Father Crawley, had lost his bike, and . . .'*

Neidiodd y Tad Finnigan ar ei draed, fel petai gwenynen feirch wedi'i bigo yn ei din. Clywodd y stori hon o'r blaen, mewn man gwahanol, gyda chwmni mwy dethol a phan oedd yn llai sobr. *'Jo McLaverty,'* meddai'r Tad Finnigan, yn newid ei ddiwn ddiwinyddol dros nos ac yn gweiddi ar draws y gangell, *'ye'll not tell that story in the house of God.'*

'But, Father,' apeliodd McLaverty, o'r ddarllenfa, yn rhoi dau chwech am swllt i'r Offeiriad, *'As yerself said, 'tis place is no house of God.'*

'That may be so, and indeed it is. But all the same, ye will not repeat that story in my hearing.'

'But at one time ye used to ask for it.'

'Out with ye!'

Daeth y Foreol Weddi, a'r oedfa undebol i agor Gŵyl Haf Porth yr Aur, i'w therfyn gyda'r Tad Finnigan yn erlid ei gyfaill, Jo McLaverty, allan o'r eglwys blwy a'r oedfa yn troi'n fedlam.

* * *

Yn un peth, roedd awyrgylch y Cwt Band yn un gwahanol iawn i un y Festri yng Nghapel y Cei. Hwn oedd y 'miting' y cyfeiriodd Shamus Mulligan ato'n gynharach ar y dydd. Yn groes i ddymuniad Ceinwen y cytunodd Eilir i fynd i'r Gadair, a dim ond am un tymor yn unig. Cychwynnodd o'r tŷ am y Pwyllgor â rhybuddion ei wraig yn llosgi yn ei glustiau.

'Ond, Eilir bach, ma' gin ti ddigon ar dy blât fel ag y mae hi, hefo pethau'r capal.'

'Wn i. Ond mae'r diwinyddion yn sôn am yr "eglwys gyfochrog". Yr eglwys sy'n gweithio yn y byd.'

'Bosib iawn. Ond os eith yr Ŵyl â'i phen iddi, fel y gnath hi llynadd, a gneud collad, dy ben di, Eilir Thomas, fydd ar y bloc.'

'A phen pawb arall 'te. Gweithredu fel pwyllgor y byddwn ni.'

'Wel, os bydd pennau'n rowlio, yr unig gysur ydi mai pennau bach fyddan nhw i gyd.' Gwarchod ei gŵr rhag a fyddo gwaeth oedd amcan Ceinwen. Ond siarad hefo'r wal roedd hi ar y foment.

Wedi i'r Pwyllgor gytuno i agor yr wythnos, fel arfer, gyda gwasanaeth crefyddol a gadael y trefniadau ar gyfer hynny yn nwylo'r Cyngor Eglwysi aed ati i drafod gweithgareddau ar gyfer yr Ŵyl ei hun. Dyna'r foment y synhwyrodd y Cadeirydd fod yna gryn gwcio ymlaen llaw wedi bod.

'Os ca'i, drwy'r Gadar fel petai, neud rhai syjestions?' holodd Fred Phillips. Roedd o a Freda yno yn rhwymau'u swyddi fel Maer a Maeres y dref, 'unwaith eto', a chadwynau'r Faeroliaeth yn hongian yn drwm ar eu hysgwyddau.

'Ia?'

'Teimlo mae'r Faeres, Musus Phillips felly, a finnau y dylan ni ga'l rhwbath fydd yn tynnu pobol i'r dre 'ma.'

'Dach chi'n iawn, Twdls,' eiliodd hithau.

'Gormod o bobol sy'ma, fel ag y ma' hi,' meddai John Wyn, Ysgrifennydd Capel y Cei, gelyn pob mwynhad, yn flin fel arfer. 'Isio cal gwarad â rhai 'dan ni. Nid chwilio am fwy i ddŵad yma. I gau'r lle i fyny.'

'Na, ma' Ffrîd,' ymyrrodd Hopkins y Banc, yn siarad yn anffurfiol ryfeddol, 'yn llygad 'i lle. Isio chwilio am ryw atyniad newydd rydan ni, i ddenu mwy o bobol i'r dre yn ystod yr Ŵyl. Ma' rhyw ddawnsio gwerin, a chanu emynau ar yr Harbwr,' gan gyfeirio at rai o atyniadau'r flwyddyn flaenorol, 'yn iawn i hen bobol fel ni, sy wedi dechrau stiffio.

Ond be am y bobol ifanc? Na, ma' angan inni ennill y to newydd, y to sy'n codi. Ac mae'n rhaid cofio y bydd 'na ieuenctid o'r Ynys Werdd hefo ni'r tro hwn, a hynny am y tro cynta, ac mi fydd angan cadw rheini rhag mynd i neud drygau.'

'Dw innau'n llawn gytuno hefo fy mrawd,' ategodd Clifford Williams, perchennog Garej Glanwern, ac un a yfai wrth yr un ffynhonnau â Hopkins a theulu Plas Coch. 'Ac enjoiment, dyna mae'r cybiau ifanc yma'n chwilio amdano fo'r dyddiau yma. Yn y wlad yma, a thros y môr.' (Erbyn hyn roedd bysys Glanwern yn mynd â chwsmeriaid ar deithiau tramor.)

'Iawn,' cytunodd y Cadeirydd. 'Ond, oes gan un ohonoch chi awgrym i ba gyfeiriad y dylan ni fynd?'

'Taro i meddwl i rŵan,' meddai'r Maer, fel petai o newydd dderbyn neges o'r nefolion leoedd, 'y basa meri-go-rownd, a phethau felly, yn taro deuddag. Rwbath fasa'n apelio at hen ac ifanc fel 'i gilydd. Ynte, Blodyn?' a throi at ei wraig.

'Twdls', ebe hithau, yn actio'r part, 'dach chi wedi ca'l gweledigaeth. Meri–go–rownd, dyna fasa'n taro deuddag.'

'Dw innau'n cytuno hefo Ffrîd', ategodd Oli Paent, y ddau wedi'u magu yn yr un rhan dlawd o'r dref. 'Ond be fasa'n eisin ar y gacan, fasa ca'l dynas mewn tent, yn tynnu amdani, fesul tamad. Dw i'n sicr y basa hynny'n tynnu llawar iawn o bobol i'r dre 'ma – yn enwedig dynion. Blys cynnig peth felly, tasa rhywun yn fodlon eilio?'

'O fynd i gyfeiriad felly,' meddai John Wyn, yn wawdlyd, 'triwch, bendith tad, ga'l rhwbath o dan oed pensiwn. Roedd y ddynas, lliw brown, ddoth yma'r tro dwytha, fel cae wedi'i redig a'i chroen hi'n rhychau byw. Ond roedd hynny, cofiwch,' ychwanegodd, i achub ei groen ei hun, 'flwyddyn neu ddwy cyn imi briodi.'

Dyna'r foment y daeth y coginio ymlaen llaw fwy fyth i'r amlwg. 'Ond dydw i ddim yn siŵr, chwaith,' ebe Fred, yn arafu'i siarad, 'sut basa'r Cownsul yn medru ca'l gafael ar ffyrm fasa'n medru gneud y job inni.' Taflodd gip wyddost-ti-be-sgin-i i gyfeiriad Mulligan. Roedd hi'n amlwg i'r Gweinidog fod Herod a Philat yn gyfeillion unwaith eto. 'Dwn i ddim fasa fy nghyd-dad-yng-nghyfraith, Mistyr Shamus Mulligan, yn digwydd gwbod am ffyrm felly? Tua Werddon 'na, hwyrach?'

Siriolodd y tincer drwyddo a gofyn yn ddiniwed, 'Rŵan 'ti isio fi deud y peth, Fred?' Cerddodd hen ias annifyr drwy'r Pwyllgor; amryw, erbyn hyn, yn gweld i ble roedd y bêl yn cael ei chicio.

Trodd Mulligan i wynebu'r Gweinidog a siarad fel y gwnâi'n arferol, galon wrth galon, 'Mae Shamus yn gwbod am y feri thing iti, Bos.'

'O?'

'Ma' gin Yncl Jo – wrth bod fo'n gorfod talu *parental* i'r dynas honno yn Ballybunion – mae gynno fo rŵan *big wheel*, a cyffylau bach, a *dodgems*, a lle saethu cocynyts.' Yna trodd i gyfeiriad Oli Paent, 'A mae fo'n deud, Oli, y medra fo ca'l dynas i tynnu amdani i chdi. Am *ten per cent extra*.'

'A lle mae'r arian yn mynd i ddŵad i dalu am geriach felly?' holodd Moi Tatws, yn gingroen mewn byd ac eglwys. 'Dyna'r cwestiwn yr hoffwn i 'i ofyn o. O'n trethi ni, mae'n fwy na thebyg.'

Atebwyd y cwestiwn hwnnw heb fynd drwy'r un Gadair, 'Ma' Shamus, ia, a'i 'ogiau fo, wedi bod hyfo boi *health an'safety*. A gna nhw gweithio'r *amusements* i Fred am *cut price*. Dim ond i'r *Council* rhoi pres *lush*.'

Teimlodd y Cadeirydd bod rhaid iddo gydio yn yr awenau cyn i bethau fynd yn llwyr ar chwâl. 'Diolch i chi i gyd am y gwahanol awgrymiadau. Ond teimlo rydw i, fodd bynnag, fod yna lawar mwy iddi na hynny. Wedi sicrhau adloniant, a chymryd ein bod ni'n cytuno mai dyna sy'n angenrhediol, mae'n rhaid cael safle i stondinau o'r fath.'

'Be am yr Harbwr?' awgrymodd Dyddgu, yr ieuengaf o'r Blaenoriaid, yn amlwg yn ffafrio'r syniad.

'Ond does yna drafnidaeth yn mynd a dŵad ar hyd yr Harbwr,' eglurodd y Cadeirydd. 'A be am yr holl ymwelwyr, hefo'u cychod? Mae rheini'n llenwi'r lle fel ag y mae hi.'

'Siŵr basa hi'n bosib rigio peth felly,' awgrymodd y Maer yn wincio ar ei ffrindiau hefo'r llygad a oedd ganddo tu ôl i'w ben. 'Dim ond mynd â'r peth i'r Cyngor 'te.'

'A cha'l gair yng nghlust Llew Traed, y Cwnstabl Carrington felly,' ychwanegodd Hopkins, 'iddo fo arall-gyfeirio'r traffig am wsnos. Wrth gwrs, mi fedar pobol hefo cychod fynd allan i'r môr. Ac aros yno am dipyn.'

'Ond mae'n debyg,' ebe'r Maer, yn troi'r dŵr, unwaith eto, i'w felin ei hun, 'y bydda rhaid rhoi côt o darmac i'r lle, ymlaen llaw.'

'Gna i secondio hwnna,' ebe Shamus, allan o dyrn ac yn gweld gobaith am y gontract.

'Dim ond haenan denau,' eglurodd Fred yn gorffen ei stori. 'Ac mi fydda'r cyfan er lles i'r dre, y dre sy mor annwyl yn'n golwg ni, un ac oll.'

Heb wybod sut i wrthod y bwyd parod, na sut i fygu brwdfrydedd y Pwyllgor, doedd gan y Cadeirydd ddim dewis, dim ond rhoi'r syniad i bleidlais. Fel yr ofnodd, cefnogwyd y bwriad gyda phleidlais gref a pheth curo traed. 'Dyna ni, mi gadawn ni hi'n fan'na am heno a chyfarfod eto i glymu pennau.'

'Leciwn i,' meddai Clifford Williams, 'cyn bod ni'n mynd oddi yma heno, roi gair o ddiolch i'r Maer a'r Faeres am baratoi'r tir cyn dŵad yma.'

'Clywch, clywch,' porthodd Hopkins.

'Peth diflas ydi pwyllgor a neb wedi paratoi ymlaen llaw. A theimlo dw i ma' nhw, a Chlarc y Cyngor, os bydd o ar ga'l, ddyla ga'l y fraint o agor y gweithgareddau – yn swyddogol felly.' Roedd Cliff wedi hen sylweddoli fod gwerthu lledod y peth gorau i werthu ceir. 'Ond dyna fo, mi gawn ni feddwl y tro nesa am y niti-griti.'

A chyda'r penderfyniad annelwig hwnnw y daeth y

Pwyllgor i ben. Dechreuodd yr aelodau chwalu a mynd allan o'r Cwt Band, fesul dau a thri, a'i throi hi'n ôl am yr Harbwr a'r dref i feddwl ymhellach am y 'niti-griti'.

* * *

Yn y diwedd, y glo mân – y 'niti–griti', chwedl Cliff Pwmp – a achosodd yr helynt mwyaf. Rhwng aildarmacio wyneb yr Harbwr a'r artics, wedyn, yn danfon y 'meri–go–rownds', bu'n rhaid i'r Cwnstabl Carrington ddargyfeirio'r traffig am dros bythefnos a bu perchenogion y cychod pleser allan ar y môr am yr un cyfnod. Ffyrnigwyd y trigolion a'r ymwelwyr, fel ei gilydd; busnesion yn gorfod cau, siopau'n colli busnes a phlant yn methu â chroesi'r Harbwr i fynd i'r ysgol. Cafodd colofn 'Llythyrau at y Golygydd', a ymddangosai'n wythnosol yn yr *Advertiser* lleol, gynhaeaf na welwyd ei debyg. Y sioc fwyaf a gafodd y Gweinidog, fodd bynnag, oedd gweld mai ffyrm Fred Phillips, ac nid un Shamus Mulligan, a sicrhaodd y contract darmacio a synhwyrodd na fyddai hynny'n fawr o help i lwyddiant yr Ŵyl.

Un broblem arall oedd y sŵn. Roedd y jigs Gwyddelig a gorddid allan o'r Harbwr, ddydd ar ôl dydd, yn byddaru pawb ac yn gyrru rhai i drefi cyfagos i wneud eu siopio wythnosol. Heb ganiau dros eu clustiau, roedd yn amhosibl i'r Gweinidog a'i wraig wylio'r un rhaglen deledu na gwrando ar unrhyw orsaf radio. A chan fod hogiau Shamus o dan orfod i weithio'n hwyr y nos bu Ceinwen ac Eilir yn ceisio mynd i gysgu am nosweithiau bwy'i gilydd i rythmau *I'll Take You home Kathleen* a *Danny Boy.*

O ffenest llofft ffrynt Tŷ'r Gweinidog, roedd hi'n bosibl gweld y ffair adloniant yn cael ei hadeiladu. Dynion bach pin – tylwyth Shamus, mae'n ddiamau – yn tuthio'n ôl a blaen a'r darnau jig-so yn mynd at ei gilydd fesul awr, ddydd ar ôl dydd. Roedd hi'n amlwg y bydda hi'n ffair a hanner, gyda chylch i geir taro ac un arall i geffylau bach heb sôn am strydoedd o stondinau o boptu'r Harbwr. Erbyn nos Wener roedd yr olwyn fawr ar ei thraed, yn barod ar gyfer yr agoriad swyddogol drannoeth. Uwch ei phen roedd math o hysbysfwrdd a'r geiriau *McLaverty Enterprises* yn wincian dros y dre i gyd. Ar yn ail â hynny, bob hyn a hyn, ceid broliannau'n fflachio: *McLaverty's Home Brew, The Connemara Peat* a *Ballinaboy Pure Spring Water, McLaverty's Multie-Purpose Pavilion* a'r *Skidshine Floor Sealer,* gyda'r ychwanegiad, *It kills all unknown germs, dead.*

* * *

'Fasach chi, Mistyr Thomas, mor garedig ag offrymu gweddi drosta i pan fydd yr olwyn yn dechrau troi?' holodd John James, yn anarferol dduwiol.

'Wel, os mai dyna ydi'ch dymuniad chi.'

Dyn â'i draed ar y ddaear a fu'r twrnai erioed, a hynny mewn mwy nag un ystyr – heb fod unwaith mewn awyren nac hyd yn oed ym Mhen yr Wyddfa.

'Gnei di enjoio fo 'sti, Jac,' meddai Shamus, ei dad-yng-nghyfraith. 'Gneith o gneud i stumog chdi troi fath â dwn i dim be.'

'Dyna ydi fy ofn mawr i,' meddai'r cyfreithiwr mewn gwir arswyd ac yn wyn fel y galchen.

Roedd y llidiart mynediad i un o seddau'r olwyn fawr wedi'i agor yn barod ar gyfer yr agoriad swyddogol a oedd ar ddigwydd. Ar y dde i'r llidiart safai'r Maer a'r Faeres, yn eu dillad gorau a'r cadwynau maerol ar eu brestiau – Ffrîd wedi gwisgo'n anaddas o gynnil a chysidro'i bod hi ar fin cael ei chodi i'r fath uchder. Edrychai'r ddau'n hollol hunanfeddiannol. I Fred, adeiladydd a arferai unwaith gerdded ar hyd cribau toeau adeiladau uchaf y dref yn nhraed ei sanau, roedd dringo yn ail natur. Teimlai'i wraig, hithau, yn ddiddig ddigon o wybod y câi swatio yn ei gesail. Ar y chwith roedd y Gweinidog, yno fel Cadeirydd y Pwyllgor, a John James, Clerc y Cyngor Tref, yn sefyll wrth ei ochr.

Dros y ffordd iddynt roedd torf fechan o wylwyr. Yn eu plith roedd rhai o Gynghorwyr y dref, aelodau'r pwyllgor trefnu, Jo McLaverty gyda'r fam ifanc o Ballybunion ar ei fraich a rhai o'r ymwelwyr o Ballinaboy, y rhai a oedd yn dal yn ddigon sobr i fedru cerdded. Sylwodd Eilir ar Coleen, gwraig John James, ar gwr y dyrfa. Roedd ganddi un bychan wrth ei chlun, ac un arall, llai fyth, ar ei braich a hithau'n eu cymell i ffarwelio â'r un a ystyrient yn dad iddynt. Ond roedd sylw'r ddau fach ar bethau nes atynt.

Dim ond wedi cyrraedd at y lle y sylweddolodd y Gweinidog mai math o olwyn ddŵr oedd yr olwyn fawr. Bob hyn a hyn, roedd y jolihoetwyr i gael eu chwyrnellu drwy gawod drom o law. Ond, yn ôl y cyfarwyddiadau, byddai'r olwyn yn mynd rownd ar y fath gyflymdra pendramwnwgl fel y byddai'r teithwyr cyn syched ar ddiwedd y daith ag oeddynt ar ei dechrau. Yn wir, y dŵr a'r posibilrwydd o gael eu gwlychu oedd yr atyniad i'r plant a'r bobl ifanc a safai ar y cyrion.

Wedi darllen y cyfarwyddiadau iechyd a diogelwch, a deall mai Shamus Mulligan ei hun a fyddai'n gyrru'r wedd, roedd y Gweinidog yn fwy na balch nad oedd i fynd i fyny gyda'r tri arall. Rhoddodd addewid o hynny i Ceinwen cyn cychwyn am yr Harbwr.

'Ond, Ceinwen bach, dim ond mynd yno i ddangos fy ochr ydw i.'

'Pa ochr?' holodd honno'n grafog.

'Sdim isio bod fel 'na, nagoes? Presenoldeb ydi'r peth. Fydda'n od iawn bod pawb yn yr agoriad swyddogol ond Cadeirydd y Pwyllgor. Heblaw, fydda i'n ôl mewn dim iti.'

'Ond beth bynnag nei di, paid ar boen dy fywyd â mynd ar yr olwyn fawr 'na. Fel y gwyddost ti, does gin ti ddim pen am uchdar ac mi ei yn swp sâl.'

'Dydw i ddim yn bwriadu mynd yn agos at yr un olwyn fawr na bach, na saethu at gocynyts . . . na mynd i weld y ddynas honno'n tynnu amdani.'

'Wel gobeithio ddim, beth bynnag. Yn dy oed ti!' Ond yn gwybod mai cael tynnu'i choes roedd hi.

'Mi gychwyna i 'ta. Ma'r pethau'n dechrau troi am ddau, yn ôl Shamus.'

'Mi a' innau i fyny i ffenast y llofft ffrynt, i wylio'r syrcas o bell – ac mewn diogelwch. Ac i neud yn siŵr dy fod ti'n cadw dy air imi.'

Pan ddaeth yr awr bu'n rhaid i'r Gweinidog ddringo i fyny i'r stafell reoli a hynny'n groes i'w ewyllys, 'Cei di dŵad i fyny i'r *control room* hyfo fi, Bos.'

'Mi rydw i'n iawn lle rydw i, Shamus. Ond diolch i chi am y cynnig yr un fath.'

'Rhaid i chdi dŵad, Bos. Wrth bo chdi'n *Chairman* y *thing*. 'Ti i fod *on board,* 'sti.'

'Yn hollol!' gwaeddodd un o'r gwylwyr. Fe'i hategwyd gan eraill, 'I fyny â chi, Mistyr Thomas.' 'Sdim isio bod yn llwfr, nagoes?' 'Ia, i fyny â chi!'

Gwyddai Eilir nad oedd ganddo fawr o ddewis, bellach. 'Dyna ni 'ta, Shamus. Lle bod yn anufudd, mi ddo'i fyny hefo chi. I fod yn gwmni ichi .'

'Gnei di enjoio fo 'sti, Bos. Ond bydd dy ben ti'n troi, cofia. Fath â top, ia?'

Cyn mynd drwy'r llidiart ac i'w sedd, traddododd y Maer araith fer – yn y ddwy iaith. Ond gan ei fod yn siaradwr yr un mor garbwl yn y ddwy fel ei gilydd, a heb ddim i gario'i lais, a bod y cybiau ar y cyrion yn dechrau anesmwytho, dim ond y rhai agosaf ato a ddeallodd air o'i anerchiad.

Aeth y Maer i mewn i'r sedd yn gyntaf a strapio'i hun i

mewn yn barod ar gyfer y corddiad. Gwthiodd John James i mewn ar ei ôl – wedi hen arfer, fel cyfreithiwr, â mynd rhwng gŵr a gwraig – a chamodd Ffrîd i mewn ar eu holau ar sodlau fel hoelion wyth a sgert fawr is na'i chluniau. Wedi gweld eu bod nhw i gyd wedi gwisgo'u gwregysau diogelwch, a chloi'r giât ar eu holau, cododd Dermot fawd ddu i gyfeiriad ei dad a gweiddi, 'Ôl-abôrd, Gyf!'

'Ma' Fred yn mynd i ca'l *rough ride*, Bos,' meddai Shamus wrth y Gweinidog.

'Cymwch bwyll, wir,' apeliodd y Gweinidog yn magu pryder.

'Boi giami, ia? Gnath o dwyn job tarmacio Shamus o'i ceg o.'

Taniodd Mulligan y peiriant a dechreuodd hwnnw ruo. 'Gei di, Bos, wrth ma' chdi di'r *Chairman*, gwllwng y brêc i fi.'

'Gollwng y brêc?'

'Ia, 'ti jyst yn gwthio *lever* coch 'na *forward,* ia? A gneith y peth dechrau mynd rownd, 'sti. Yn slo bach i dechra. Yna, lot mwy ffast.'

O weld y Gweinidog yn llusgo'i draed, y peiriant mewn gêr a'r clytsh mewn perygl o losgi, gwylltiodd Shamus Mulligan a gweiddi'n ddigon hyll, 'Gna fo, cythral!'

Rhaid bod y Gweinidog, yn ei fraw, wedi gollwng y brêc yn rhy ffyrnig. Yn hytrach na chychwyn troi'n araf, a chyflymu'n raddol, aeth yr olwyn rownd ar y cyflymdra mwyaf posibl, cyn i'r gawod law gael cyfle i feddwl am ddisgyn.

'Brecia'r diawl!' gwaeddodd Shamus wedyn.

Stopiwyd yr olwyn gyda jyrc a hynny pan oedd y teithwyr ar y brig ac yn cychwyn disgyn. Cododd gwaedd o fraw drwy'r dyrfa. Wedi'r fath stop sydyn, swingiai sedd y teithwyr yn ôl a blaen yn yr awel, yn bygwth eu hyrddio i'r ddaear – naill ai â'u pennau'n gyntaf neu wysg eu cefnau – ac yna fel pe'n ailfeddwl. Daeth sbectol John James i lawr yn gyntaf, a disgyn ar y tarmac yn wydrau i gyd; yna'i bedwar dant gosod ar ei hôl a thorri'n deilchion ulw.

Edrychodd y Gweinidog i fyny i weld a oedd John James yn dal yno. Dyna'i gamgymeriad mawr. Aeth ei glust fewnol i dantryms. Bu'n dioddef, gydol y blynyddoedd oddi wrth benstandod, ac o dro i dro'n llyncu tabledi i geisio sefydlogi pethau. Cafodd rybudd, fwy nag unwaith, i beidio ag edrych at i fyny'n sydyn; hwnnw oedd y triger a yrrai bethau o chwith. Pan edrychodd i lawr roedd ei fyd â'i draed i fyny, yntau'n feddw gorn ac yn teimlo'n sâl fel ci.

'Rhaid i ti rhoi mwy o dŵr am pen o, Bos bach,' cynghorodd Shamus, yn camddarllen y sefyllfa.

Wedi i'r Gweinidog fynd yn wael, bu'n rhaid i'r tincer weithio'r lifer drosto'i hun. Daeth â'r olwyn ddŵr at i lawr yn esmwyth o araf, mor araf, wir, nes i'r gawod law gael mwy o amser nag arfer i socian y jolihoetwyr nes bod dau o'r tri yn wlyb at eu crwyn. Dim ond ychydig ar ei frest a wlychodd John James, gan ei fod wedi'i wasgu mor dynn rhwng y ddau arall, ond roedd 'Blodyn' fel dafad wedi bod mewn dip a 'Twdls', y gŵr, fawr gwell na hi. Ond mae dillad yn sychu'n gyflym, yn enwedig ar bnawn braf. Enw da sy'n cymryd yn hir i'w adfer.

Ar ei orwedd yng nghefn car swyddogol Maer y dref, a Clifford Williams wrth y llyw, yr aed â Chadeirydd Gŵyl Haf Porth yr Aur adref o'r Harbwr, wedi i amryw helpu i'w gael i lawr o uchder y stafell reoli. Wedi llwytho'r meddw i'r car, yn raddol agorodd y dyrfa lwybr i'r ambiwlans fynd drwodd a phawb yn rhythu i gefn y cerbyd i weld pa mor feddw oedd y Gweinidog.

O weld car moethus yn tynnu i fyny wrth y giât ffrynt, a rhywun ar ei orwedd yn y sedd gefn, rhuthrodd Ceinwen i lawr o'r llofft fel gafr ar daranau ac am allan.

'Meddw ydi o, Musus Thomas bach,' eglurodd Cliff Pwmp yn torri'r stori iddi'n garedig – wedi camddeall y sefyllfa, fel y gweddill o'r dyrfa, neu'n ei chamliwio'n fwriadol.

'Meddw?'

'O! Meddw gorn. Prin medar o sefyll ar 'i draed a deud y gwir. Welis i fawr neb mwy meddw nag o am wn i. Ar wahân, hwyrach, i Oli Paent, pan fydd o wedi digwydd ennill ar geffyl.'

'Ond fydd o byth yn yfad. Ddim i mi wybod, beth bynnag.'

'Mae yna, yn anffodus, Musus Thomas,' ebe Cliff, yn un o gysurwyr Job, 'dro cynta i bob dim. Oes yn tad. Mi fydda'r meddwyn penna'n deud hynny wrthach chi. Ac maen nhw'n deud i mi – nid bod gin i brofiad o'r peth, cofiwch – mae yfad ar y slei ydi'r perycla o ddigon. O ddigon.'

'Wel ia, mae'n debyg.'

Daeth Cliff Pwmp allan o sedd y gyrrwr ac agor drws y sedd gefn, y drws agosaf at y llidiart. 'Rŵan, Musus Thomas, os medrwch chi roi hand bach imi, i edrach fedrwn ni i ga'l o allan o gefn y car 'ma. Dw i ar fymryn o hast a deud y gwir. Dw i'n diw, ylwch, i fynd â Fred a Ffrîd i'r Lijion erbyn tri. Ma' 'na ryw ddŵ yn fan'no wedyn, medda nhw.'

'Eilir! Be sy wedi digwydd iti?' holodd Ceinwen yn bryderus ac yn rhoi help i Clifford Williams, yr un pryd, i dynnu'i gŵr allan o'r car. Ond roedd y Gweinidog yn teimlo'n rhy sâl i drafferthu ateb.

'Hefo'n gilydd rŵan, Musus Thomas, cofn iddo fo syrthio a brifo 'te. Ia'n tad.'

'Ond does yna ddim oglau ar 'i wynt o chwaith,' mentrodd Ceinwen yn obeithiol.

'Fydd dim wyddoch chi,' esboniodd Cliff, yn ddyn wedi gweld dipyn ar y byd, 'os ma' fotca mae o wedi'i lyncu. Dw i wedi sylwi ar hynny pan fydda i ar dripiau yn y gweldydd tramor 'na. M . . . cydiwch chi yn 'i fraich chwith, Musus Thomas, o dan y gesal, os medrwch chi. Mi gyma innau'r fraich arall. Dyna ni. Hefo'n gilydd.'

O dipyn i beth llwyddwyd i fynd â'r dyn toes o'r car at y tŷ ac yntau'n gweld y ddaear yn codi i'w gyfarfod ac yn cael y teimlad ei fod yn cerdded ar lyn o jeli.

'Ara deg rŵan, Eil bach,' rhybuddiodd Ceinwen, a choesau'i

gŵr yn plygu oddi tano fel dwy sosej feddal. 'Rhag ofn iti syrthio a thorri dy lengid. Os 'di'n bosib i ddyn meddw dorri pethau felly.'

''I ga'l o i yfad dipyn o goffi du, faswn i,' cynghorodd Cliff, 'a hwnnw heb 'i felysu. Dyna'r cyngor glywis i. Nid bod gin i brofiad o'r peth fy hun, o ran hynny.'

'Gin i ddigon o goffi yn y tŷ, diolch am hynny.'

'A hwnnw, Musus Thomas, os ca'i awgrymu, mor gry ag y daw o drwy big tebot. Mae nhw'n deud i mi – nid 'mod i'n gwbod, cofiwch – bod peth felly'n gweithio'n well na dim.'

'Mi a' i ati i neud peth iddo fo, cyn gyntad ag y bydda i wedi llwyddo i' ga'l o i'w wely.'

'Er, cofiwch, ma' gin Fred ryw botal o rwbath mae o'n 'i gymysgu'i hun. Welis i hwnnw'n gweithio'n dda iawn, unwaith neu ddwy, hefo Hopkins y Banc. Ond, dyna fo, ella bod Mistyr Thomas chi wedi yfad gormod, ac yn rhy gyflym, i hwnnw fedru ca'l dim effaith arno fo. Mae yna eithriadau i bob meddyginiaeth. Neu felly y bydda i yn meddwl, cofiwch.'

Wedi llwyddo i gael y Gweinidog at y drws ffrynt, holodd Clifford Williams yn garedig ddigon, 'Ga i roi hand bach i chi i' ga'l o i' wely? 'Ta fyddwch chi'n iawn ych hun?'

'Na, unwaith y ca'i o dros step y drws fyddwn ni'n iawn. Diolch ichi am gynnig yr un fath.'

'Sdim rhaid i chi'n tad. Helpu'n gilydd mewn argyfyngau ydi'n dyletswydd ni 'te. Ac ma'ch croes chithau'n un drom.'

'Be ydach chi'n feddwl?' holodd Ceinwen yn siarp, yn barod i warchod ei gŵr faint bynnag ei feddwdod a beth bynnag oedd ei achos.

'Wel ia . . . m . . . ,' mwmiodd Cliff Pwmp, yn ceisio bagio'n ôl ond yn troi yn ei unfan. 'Wel ia . . . y . . . mi nath bnawn braf, Musus Thomas. A diolch am hynny 'te.'

'Sut aeth pethau tua'r Harbwr 'na 'ta?' holodd Ceinwen, wedi meirioli erbyn hyn ac yn hanner gofidio iddi golli'i linpin. 'Pawb, ond Eilir, ma'n siŵr, wedi mwynhau'u hunain yn fawr.'

'Do, mi aeth y petha'n esmwyth ryfeddol, a deud y gwir. Yn esmwyth ryfeddol. Hwyrach i'ch gŵr chi – a maddeuwch imi am ddeud hyn – wrth ma' fo oedd yn gweithio'r brêc, ollwng y clytsh fymryn yn siarp. Dyna fo, clytsh fymryn yn ffyrnig sy ar feri-go-rownds fel rheol. Nid bod gin i, cofiwch, brofiad o'r peth. Ia'n tad. Ond dyna fo, hwyrach na ddaru ninnau, fel Pwyllgor, ddim trafod digon ar y niti-griti. Y . . . pnawn da, rŵan, Musus Thomas. Pnawn da.'

6. *DEWIS BLAENORIAID*

'Cyn bod ni'n dewis rhagor o Flaenoriaid fasa dim posibl inni drio trwsio ychydig ar be sgynnon ni?' holodd Moi Tatws, heb drafferthu codi ar ei draed. 'Fasa hi ddim yn bosib gyrru rhai ohonyn nhw i ffwrdd i rwla, iddyn nhw ga'l 'u hailweirio?' Roedd Festri Capel y Cei newydd gael ei hailweirio, wedi helynt y pydredd sych, a hwyrach mai hynny a roddodd y syniad i Moi.

'Be ydach chi'n feddwl Morris Thomas?' holodd y Gweinidog yn rhoi lle i drafodaeth yn hytrach na cheisio fflatio pethau cyn i'r lle fynd ar dân.

'Gan eich bod chi mor garedig â gofyn imi, mi ro'i sawl enghraifft i chi.' A drwg Moi oedd corddi pethau mewn byd ac eglwys, er loes iddo'i hun a drwg i'w fusnes. 'Yn gynta, llefrith Llawr Dyrnu,' a chyfeirio at Meri Morris a eisteddai yn y sêt fawr. 'Dim ond clywad 'i bod hi am lygedyn o haul ac mi surith hwnnw'n gaws ar step drws rywun, cyn i neb ga'l tjians i fynd â fo i'r cysgod.'

'Dydi peth fel'na ddim yn deg,' atebodd y Gweinidog yn ceisio arbed croen Meri, druan.

'Dw i'n cytuno hefo chi,' ategodd Moi yn camddeall yn fwriadol ac yn troi'r dŵr i'w felin ei hun. 'Dyna i chi filiau cnebrynau wedyn,' a chyfeirio at William Howarth y tro hwn. 'Y dyddiau yma, ma' hi'n rhatach i rywun drio cadw'n fyw, pa mor sâl bynnag bydd o, na meddwl am farw.'

O'i sefyll, yn wynebu'r gynulleidfa, teimlodd Eilir ias o gytundeb yn codi – yn arbennig felly o blith rhai a gollodd anwyliaid yn ddiweddar a thalu crocbris i Howarth am eu claddu nhw.

Dim ond wedi ymgynghori ymlaen llaw gyda'r Blaenoriaid y penderfynodd Gweinidog Capel y Cei ofyn i'r eglwys a oedd hi'n awyddus i symud ymlaen i ddewis rhagor o swyddogion. Yn wir, roedd hi'n rheol y dylid gwneud hynny bob saith mlynedd ac roedd y seithfed flwyddyn ar ddod i'w therfyn. Gwnaed trefniant i wneud hynny ar y bore Sul olaf yn Nhachwedd a hysbysu'r aelodau o hynny ymlaen llaw.

Y bore Sul hwnnw, cafodd rybuddion taer gan ei wraig cyn cychwyn o'r tŷ, 'Mi wyddost, Eilir, be ydi dy fai di?'

'Bai? Ro'n i'n meddwl 'mod i'n berffaith.'

'Wel, mi ddeuda i wrthat ti. Rhoi gormod o raff i bobol, a chrogi dy hun yr un pryd.'

'Y cwbl wna i, Cein bach, fydd rhoi dau slip o bapur i bawb. Un hefo 'O Blaid' wedi'i sgwennu arno fo, a'r llall hefo 'Yn Erbyn'. A gofyn i bawb o'r aelodau luchio'r naill neu'r llall ar y plât casglu. A fyddwn i gartra mewn dim.'

'Mi ro'i 'mhen i dorri y bydd 'na ryw drafferthion.'

'Fel be?'

'Wel, amryw hwyrach yn lluchio'r ddau ddarn papur i mewn hefo'i gilydd, yn awgrymu'u bod nhw o blaid ac yn erbyn . . . yr un pryd. Heblaw, dy botas di fydd hynny.'

'Wrth gwrs, mi fydd raid imi egluro, ymlaen llaw, be fydd y dull o bleidleisio. Dyna'r cwbl.'

'A fydd dim trafodaeth?'

'Trafodaeth? Na na, fydd dim trafodaeth. Dim ond pleidleisio.'

'Wel, sgin i ond gobeithio y bydd 'na lond llaw wedi troi'i fyny. Llond gwniadur oedd yno'r tro dwytha buon ni wrth y gwaith.'

Yn ôl nifer y ceir a oedd wedi parcio, neu'n stryglo i barcio, roedd yna hanner llond capel am fod yn bresennol – nid 'hanner llond gwniadur'. Roedd y mannau parcio hwylus, yn prysur lenwi. Gan fod *Jaguar* Philipiaid Plas Coch wedi parcio yn y llain tarmac a neilltuwyd i gar y Gweinidog, ac yn fwy na llond y darn hirgul hwnnw, bu'n rhaid i Eilir a Ceinwen barcio ar drofa, ddigon peryglus, uwchlaw'r capel. Wedi diffodd injan disel y *Passat* ail-law eisteddodd y ddau yn y car am rai munudau yn gwylio'r gwahanol aelodau'n bagio ac yn croesfagio, yn parcio ac yn methu â pharcio. Er ei bod hi'n fore digon gaeafol, weindiodd y Gweinidog ei ffenest i lawr i gael mymryn o awyr iach.

Ar hynny, llifodd hers William Howarth – y fwyaf o'r ddwy – i lawr yr allt a throi i mewn yn hamddenol i'r llain a neilltuwyd ar gyfer rhai anabl. Gyda strygl y daeth Howarth allan o sedd y gyrrwr â'i ben-ôl yn gyntaf; yna daeth ei wraig, Anemone, allan o'r sedd gyferbyn yn yr un dull. Roedd y ddau yn rhy dewion i blygu. Arfer Howarth oedd dod i'r oedfa mewn hers, a chyda'i ffôn symudol ymlaen, rhag ofn i rywun farw yn ystod yr oedfa, neb yn ateb a'r galarwyr wedyn yn troi at Gwmni'r Coparetif am arch.

'Ma' hi'n siŵr o fwrw eira cyn nos,' meddai Ceinwen yn finiog.

'Bwrw eira?'

'Wel, gweld Musus Howarth yn bresennol.'

'Na, fydd hi ddim yn dŵad yn amal. Ma' hynny'n wir.'

Crafangodd bocs matsis o gar bach coch i fyny'r allt, yn chwyrnu'i hochr hi, a pharcio'n ddel mewn digon o le i feic modur ac yn eithaf agos i'r capel. Wedi eiliad weddigar, daeth Miss Pringle, 3 Llanw'r Môr, allan o'r *Smart*. Dechreuodd gerdded yn ddefosiynol at y capel yn ei chostiwm wlân a'r gwallt wedi gwynnu'n gynnar yn gynffon merlen i lawr ei chefn.

'Bobol, dydi Bettina'n denau,' sylwodd Ceinwen. 'Tasa hynny'n rwbath o 'musnas i. Ma'n rhaid nag ydi'r bwyd iach 'na ma' hi'n werthu tua'r Harbwr yn gneud dim lles iddi.'

'Ond ma' hi wedi dysgu Cymraeg, cofia, yn ddigon o ryfeddod.'

'Dw i'n gwbod. Yn syndod o dda. Ac mewn byr amsar.'

Y syndod mwyaf i bawb arall, fodd bynnag, oedd na chlywodd neb mohoni'n rhegi yn Gymraeg. Jac Black, ei chymydog drws nesaf, yn ôl y sôn, oedd ei thiwtor answyddogol ac roedd Jac yn rhegi mor rhwydd a chyson ag roedd o'n anadlu.

Wrth drosglwyddo'i theyrngarwch o'r 'Capal Susnag', ym mhendraw'r Harbwr, i Gapel y Cei daeth â mymryn o dân i'w chanlyn. Porthai'r addoliad gydag ambell i 'amen' gynnes a chlapio'i hochr hi os ceid tôn sioncach nag arfer. Nid bod hynny wrth fodd pawb o'r 'saint'.

Er bod y bwlch yn un peryglus o gyfyng llwyddodd Cecil Humphreys i barcio'r *Mazda Sport* penagored dros y ffordd i gar y Gweinidog. Wrth ei ochr roedd Ifan Jones – allan o ddelwedd hefo'r math o gar y teithiai ynddo – wedi rhoi llinyn dros ei het a'i glymu o dan ei ên rhag iddi gael ei chwythu ymaith. Camodd Cecil allan o'r car mewn siwt drendi a theibô symudliw, a hwnnw'n wincian bob hyn a hyn. Cerddodd yn fân ac yn fuan rownd cefn y car i lusgo'r hen ffarmwr allan o'i sedd. Gan fod gan Cecil gloch ar bob dant, a rheini'n glychau uchel ar ben hynny, roedd y sgwrs yn gwbl glywadwy i bawb.

'*Farmer* Jones, cariad, *feet down* a *bottom up*.'

'Sut dach chi'n deud?' holodd Ifan, heb lawn glywed.

'Dydi o'n dda hefo fo,' canmolodd Ceinwen.

'Yn arbennig felly. Dwn i ddim be fydda wedi digwydd i'r hen law oni bai am garedigrwydd Cecil.'

Wedi cael y dyn pren i sefyll ar ei draed, datod y llinyn a oedd o dan ei ên ac ail-fotymu'r dop-gôt a rwygwyd yn agored gan y gwynt aeth Cecil at glust yr hen ŵr a gweiddi drwy'r blew i gyd, 'Ydi'ch *thing-me-jig* clywad gynnoch chi, *Farmer* Jones?'

'Y?'

Ar hynny, sylwodd y torrwr gwalltiau ar ei Weinidog yn y car dros y ffordd. Chwifiodd law fodrwyog i'w gyfeiriad, 'Haia, siwgr? *Every blessing* hefo'r *morning service*,' a thaflu y peth tebycaf i gusan dros gledr ei law.

'Eilir, dw i'n mynd. Ma' peth fel'na yn codi'r crîps arna i,' a sleifiodd Ceinwen rownd ochr y clawdd i'r car a'i hunioni hi am y capal.

Pan gyrhaeddodd y Gweinidog at y capel roedd John Wyn yn pawennu'n ôl a blaen ar y step uchaf, yn ddiamynedd fel arfer. 'Lle ar y ddaear fawr dach chi wedi bod?' Yr un oedd cwestiwn yr Ysgrifennydd iddo bob bore Sul, beth bynnag fyddai hi o'r gloch. 'Dydi hi fel diwygiad yma.' Roedd hynny ymhell o fod yn wir.

'Dw i yn sylwi bod yma chydig mwy nag arfar.'

'Mwy nag arfar, ddeutsoch chi? Dydyn nhw yma o bob twll pry yn y gymdogaeth. Roedd rhai'n cyrraedd yma pan oedd hi'n dyddio,' ac roedd hyn eto'n ormodiaith.

Ar hynny, sleifiodd Now Cabaits, y gwerthwr pysgod, heibio, yn dawel fonheddig fel arfer, gyda'i 'Bora da ych dau. Dydi hi'n fora bach iach? Bora hawdd addoli. A diolch i chi.'

Y bore hwnnw roedd Eilir wedi penderfynu seilio'i neges ar frawddeg o'r Testament Newydd, yr hen gyfieithiad, *'Meddyliwch am eich blaenoriaid'*, gan dybio y byddai hynny'n gosod cywair addas ar gyfer y bleidlais a oedd i ddilyn. Wedi darfod y bregeth, a chyn canu emyn, aeth ati i egluro'r hyn a oedd ar ddigwydd. Ond wedi rhoi'r eglurhad bu mor annoeth â hanner gofyn a oedd popeth yn glir yn meddwl pawb.

'Ymhell o fod felly,' meddai Moi Tatws o'i sedd. 'Ac mi hoffwn i neud ychydig sylwadau, os ca i?'

'Ia, Morris Thomas?'

Daliodd Eilir ar ei wraig yn taflu pâr rhybuddiol i'w gyfeiriad ond, erbyn hynny, roedd y ceffyl wedi dianc o'r stabl.

Wedi pluo dau o'r Blaenoriaid fis ynghynt aeth Moi ati i styrbio plu'r trydydd. Edrychodd i gyfeiriad Cecil

Humphreys. 'Dydi dici-bô sy'n wincian fel coedan Dolig, fawr o help i rywun fel fi sy'n diodda hefo meigren. Ro'n i'n sâl môr drwy gydol y bregath. A faswn i'n meddwl ma'r bô-tei oedd y drwg mwya – yn fwy felly hyd yn oed na'r bregath.'

Fel cyd-ddigwyddiad, dechreuodd tei canu Cecil wincio'n feddw, cyn ffiwsio, a daeth dwy gyrlen o fwg du allan drwy'r ddau bigyn.

Rhag perygl tân, a hynny ar fwy nag un ffrynt, penderfynodd Eilir brysuro pethau ymlaen, 'Dyna ni, hwyrach ma' gadael y drafodaeth yn y fan yna ydi'r gorau inni. Ma' hi'n mynd yn hwyr. Ond diolch i chi Morris Thomas am eich parodrwydd i fynegi barn.'

'Sdim rhaid ichi'n tad. Eni-teim, dim ond i chi roi'r cyfla i mi.'

Cyn i'r Gweinidog gael cyfle i ofyn am i'r papurau pleidleisio gael eu rhannu, dechreuodd Fred a Freda Phillips, a eisteddai yn un o'r seddau blaen, anesmwytho; Ffrîd fel petai hi'n cymell ei gŵr i godi ar ei draed.

Cododd Fred ar ei draed, yn ansicr, a'i fol yn llifo'n donnau dros gefn y sedd o'i flaen. Fel Maer y dref, unwaith yn rhagor – fel yr hoffai atgoffa pawb – roedd yn llawer mwy cyfarwydd ag iaith llywodraeth leol, ac â thermau'r Lodj, nag oedd o â bywyd eglwys. 'Mistyr Llywydd, hefo caniatad y Gadar fel petai, 'gin i flys rhoi cynigiad o rybudd.'

'Rhybudd o gynigiad!'

'Sut ydach chi'n deud, Blodyn?'

'Yddyr we rownd, Twdls. Rhybudd o gynigiad. Nid cynigiad o rybudd!'

''Ddrwg gin i, Blodyn. M . . . fel ma' Ffrîd 'ma, y Musus Phillips felly, yn egluro, 'gin i flys rhoi *notice of motion*,' a throi i'r Saesneg am ddihangfa, 'ein bod ni'n symud ymlaen, erbyn y miting nesa, i ga'l rhagor o *manpower* yn y sêt fawr.'

'Eilio'r gŵr,' meddai Ffrîd yn syth, cyn i'r Gweinidog ofyn am gefnogydd.

'Ac os medrwn ni fel teulu fod o ryw help i'r capal dim ond

ichi ofyn inni 'te.' Tynnodd Fred Phillips liain bwrdd o hances o'i boced allan a sychu rhywbeth tebyg i ddeigryn oddi ar ei rudd, 'Ma' gin i feddwl mawr o'r deml, fel y gwyddoch chi i gyd.'

'Capal!

'Y?'

'Yn y capal dach chi rŵan. Nid yn y . . ,' a chodi mymryn ar ei sgert i awgrymu at ble roedd hi'n cyfeirio.

'Ond y deml **yma** oedd gin i mewn golwg, Blodyn. Nid . . . m . . .'

'Gnewch y peth yn glir 'ta!'

'Ydi'r Festri yn dal dŵr erbyn hyn?' holodd Moi Tatws gan gyfeirio y tro yma at waith Fred Phillips a'i gwmni'n trwsio'r to wedi'r pydredd sych. 'Hoffwn i wybod hynny, cyn y medra i feddwl am ddechrau pleidleisio i neb.'

Wedi i'r Gweinidog sicrhau pawb fod y gwaith hwnnw mewn llaw – a Fred yn eilio hynny – a chyn i neb arall daflu'i hun i'r llyn aed ati ar hast i rannu'r papurau pleidleisio. Cyn canu'r emyn olaf hysbyswyd y gynulleidfa i'r bleidlais fod yn un ffafriol ac yr eid ati i ddewis Blaenoriaid newydd i Gapel y Cei Sul cyn y Nadolig – yn ystod oedfa'r bore.

Yn anffodus, fel testun y bregeth yn gynharach, roedd yr emyn a ddewiswyd i gloi'r oedfa yn agored i gael ei gamddehongli. Ifan Jones, gyda'i dremolo arferol a drawodd y dôn *Hyfrydol* a'r geiriau: 'Mewn anialwch rwyf yn trigo . . .'

* * *

'Â phlesar,' atebodd Jac Black yn anarferol o gynorthwyol. 'Ylwch, mi a' i at y gwaith y peth cynta bora fory, ar 'y nghodiad. Cyn piso.'

'Wel na, sdim rhaid ichi fynd at y gwaith mor fora â hynny. Mi neith pnawn y tro'n iawn.'

'Yn y bora ma'i dal hi,' ebe Jac wedyn ac roedd yn syn ei glywed yn deud hyn ac yntau, yn arferol, yn lingran yn ei wely dan ginio.

Roedd y Gweinidog newydd egluro i Jac ddamcaniaeth Fred Phillips bod llygod mawr yn marw yng nghwterydd y capel ac y dylid glanhau mymryn ar y rheini i ddod dros ben y broblem. Roedd y Gofalwr, yn annisgwyl iawn, wedi gwirfoddoli, bron, i wneud y gwaith hwnnw ar fyrder.

Aeth Jac ati i hel atgofion, 'Pethau afiach 'di llygod mawr. Er y bydda Mam, yr hen dlawd, yn 'u bwydo nhw. Gin i go 'u bod nhw'n ffond gythral o berfadd mecryll.'

'Tewch chithau,' a'r syniad yn troi'i stumog braidd.

'Diawl, gin i go deffro sawl bora, pan o'n i'n blentyn, a llgodan fawr, seis cath, yn gwenu arna i oddi ar draed y gwely.'

'Ych â fi,' mwmiodd y Gweinidog yn teimlo'i hun yn mynd yn groen gŵydd i gyd wrth ddychmygu golygfa felly.

'Heblaw, wedi i Cringoch', a chyfeirio at y cwrcath a eisteddai wrth ei draed, 'symud ata' i fyw does yna'r un lygodan yn meiddio croesi'r rhiniog 'ma.'

'Mi alla' i'n hawdd gredu hynny.'

'Stoawê ydi'r hen Gring, fel finnau,' ebe Jac, yn edrych i lawr at y gath ac yn dechrau hel atgofion. 'Fel deudis i o'r blaen, mi laniodd yn yr Harbwr 'ma hefo ryw iot grand. A thra buo'r hen dlawd ar y lan, yn gneud 'i nymbyr tŵ, mi aeth y teulu adra hebddo fo. Ac yma mae o wedi bod byth.'

'Wel, ma'i linynnau fo wedi disgyn mewn lleoedd hyfryd, beth bynnag,' awgrymodd y Gweinidog yn hanner dyfynnu o'r Ysgrythur.

'Diawl, dw i'n ych colli chi rŵan.'

'Mae wedi dŵad i gartra da.'

'Bosib. Ond fel deudis i,' meddai Jac, yn troi'n ôl at y pwnc a oedd o dan sylw, 'mi a' i at y job 'na ar 'y nghodiad.'

'Dach chi'n garedig iawn, Jac. A diolch yn fawr i chi.'

'Sdim rhaid i chi ddiolch imi, nagoes? Ein dyletswydd ni ydi helpu hefo'r Achos,' a bu bron i'r Gweinidog lewygu o glywed Jac yn taro nodyn mor annisgwyl. 'Oedd yna rwbath arall yn gofyn am ga'l 'i neud?'

'Wel na, ddim ar hyn o bryd. Hyd y gwn i.'

Aeth Eilir i 2 Llanw'r Môr yn dilyn cwyn a ddaeth i'r Pwyllgor Adeiladau oddi wrth amryw o aelodau'r eglwys fod yna oglau drwg, digon i daro rhywun i lawr, yng nghefn y capel – yn arbennig os oedd hi'n fore Sul mwll a'r drysau wedi bod yn gaeedig am wythnos. Roedd rhai o'r addolwyr wedi mudo gyda'u *Caneuon Ffydd*, bag-an-bagej, i ochr arall yr adeilad a dau wedi ymadael â'r capel yn gyfan gwbl ac ymuno ag un o eglwysi eraill y dref.

Noson y Pwyllgor, wedi i'r aelodau gerdded y tir a rowndio'r adeilad sawl tro, daeth y Cadeirydd, Fred Phillips, i'r casgliad mai llygod mawr yn mynd i'r draeniau ac yn marw yno oedd achos yr helynt a hynny am nad oedd y cwterydd yn cael eu glanhau'n ddigon cyson.

'Dŵad am dro o'r doman byd ma' nhw,' eglurodd, 'a mynd am yr Harbwr i chwilio am rwbath i yfad' – fel petai'n sôn am aelodau o bwyllgor iechyd a diogelwch – 'ac ma' nhw'n troi i mewn i'r capal 'ma, fel dylan ni i gyd neud o dro i dro, i ga'l nerth i ddal ati.' Cafodd ei borthi gan amryw. 'Rŵan, tasa ni'n gofyn i Jac, fel y Gofalwr, drio sgota'r cyrff allan o'r draeniau 'ma, a'u cadw nhw'n gorad wedyn, dw i'n meddwl y bydda ni'n solfio'r broblem. Dw i'n siŵr y bydd y Gweinidog,' yn taflu'r baich ar gefn rywun arall, fel arfer, 'yn rhoi gair yng nghlust Jac Black.' Taflodd gip ar ei *Rolex*, 'Dyna ni 'ta, ma'r Pwyllgor 'ma ar ben. Ac os gnewch chi fy sgiwsio i. Gin i fiting arall, ylwch.'

Gwyddai Eilir oddi wrth liw tei Ffred Phillips, naill ai fod yr adeiladydd wedi cwrdd â phrofedigaeth lem neu fod yna gyfarfod o'r Gyfrinfa yn ddiweddarach y noson honno; yr ail oedd fwyaf tebygol.

Wrth gychwyn am 2 Llanw'r Môr, fore drannoeth, ofnodd y Gweinidog na châi groeso mawr gan Jac. Fe'i cyflyrwyd gan Ceinwen i gredu hynny.

'Drws clo gei di radag yma o'r bore, Eilir.'

'Ma' hi wedi unarddeg.'

'Ydi, ond canol nos ydi hynny ar gloc Jac.'

'Mi a' i cyn bellad â'r drws cefn beth bynnag.'

Fel bob amser cafodd drafferth i gyrraedd y drws hwnnw. Wedi stryglo i agor y ddôr, disgyn i lawr grisiau a smentiwyd yn beryglus o anwastad, camu dros domen o gewyll cimychiaid yn cael eu storio yno dros y gaeaf a baglu mewn rhwyd bysgota cyrhaeddodd at y drws, a churo.

Wrth ddisgwyl am ateb edrychodd o'i gwmpas a chael yr argraff fod y dröedigaeth a gafodd Jac flwyddyn neu ddwy ynghynt – o dan ddylanwad ei gymdoges drws nesa, Miss Betina Pringle – wedi hen egru. Roedd yr arwydd 'Dim Rhegi yn y Tŷ Hwn', a oedd yn dal yn y ffenest, yn we pry cop i gyd a'r pysgodyn papur wrth ei ochr, symbol y Cristnogion cynnar, wedi'i ffrio i fod yn ddim yn haul ganol haf.

Pan agorodd Jac y drws – yn ei fest ac yn nhraed ei sanau, fel arfer – cafodd Eilir groeso mab afradlon ganddo, 'Diawl, dowch i mewn o'r oerfal. Rhag ofn i chi ga'l niwmonia – ne rwbath gwaeth.'

'Sgiat!' Agorodd Cringoch un llygad melyn, ffeind, wrth glywed y gorchymyn arferol a'i gau, eilwaith, yn ddibryder. Cydiodd Jac yn y cadach llestri a synhwyrodd y cwrcath fod ei feistr, am unwaith, yn meddwl busnes. Disgynnodd yn hamddenol o'r gadair a mynd i eistedd ar y garreg aelwyd i archwilio'i barthau ôl – fel y bydd cathod.

'Steddwch.'

'Am funud 'ta.'

'Na, arhoswch eiliad, imi ga'l ysgwyd y cwshin 'ma, rhag ofn i chi ddal chwain, a'u cario nhw i dai'r aelodau. Leciwn i ddim ichi ga'l rhagor o enw drwg.'

'Diolch.'

'Dyna ni, ellwch roi'ch tîn i lawr rŵan.'

Ar y bwrdd – ac roedd hwnnw'n tri chwarter llenwi'r gegin dywyll – roedd yna gan o lager wedi'i lwyr wagio, darn o dost wedi gorgrasu, bwyd cath mewn tun agored a hen gopi o'r *Sun* a haul, gwahanol, wedi ffedio'r print a hanner ei ddeifio.

''Ddrwg gin i'ch styrbio chi, Jac. A hithau bron yn Ddolig.'

'Fy styrbio i? Fedra' i ddim meddwl am neb y bydda'n well gin 'i weld o ar Ddolig.' Ac roedd hynny'n sicr o fod yn rhagrith.

'Mi rydach chi mewn iechyd?' holodd y Gweinidog yn ofalus, yn ofni bod rhyw amhariad ar feddwl Jac o'i glywed yn siarad mor ystyriol.

'Iechyd?' holodd Jac yn curo'i ddwyfron a thorri gwynt. 'Diawl, fûm i rioed mewn gwell trim, a deud y gwir. Ac mi fydda i'n diolch iddo fo,' a phwyntio at y nenfwd, 'bob ganol dydd, fel bydda i'n codi. Oedd 'na griw go-lew yn y capal bora Sul dwytha?'

'Y . . . mwy nag arfar, a deud y gwir.'

'Felly roedd Miss Tingle yn deud wrtha i.'

'Miss Pringle.'

'Pwy?'

'Miss Pringle, hi sy'n byw drws nesa i chi.'

'Diawl, wn i pwy sy'n byw drws nesa imi,' harpiodd Jac a'r dyn newydd yn dechrau colli'i gymeriad. 'Dyna i chi ledi, Miss Tingle. Dyna i chi ddynas agos i'w lle.'

'Wel ma' hi'n help garw tua'r capal 'cw.'

'A glywsoch chi 'i Chymraeg hi?' holodd Jac.

'Wel do.'

'Dew, dyna ichi be 'di Cymraeg glân. Fel finnau o ran hynny.'

Penderfynodd Eilir herian mymryn, 'Ond ro'n i'n meddwl nad oedd pethau ddim mor loyw rhyngddoch chi ag y buo nhw. Chithau wedi llithro i fynd yn ôl i'r 'Fleece' am lymad, a ddim yn mynd drws nesa i ga'l cwarfod gweddi hefo hi, fel byddach chi.'

'Fydda i'n ca'l un, now-an-then.'

'Llymad, felly?'

'Diawl, na. Cwarfod gweddi! Fydda i'n ca'l llymad yn amlach na hynny.'

Ond roedd hi'n amlwg erbyn hyn, serch ei bod hi'n dymor ewyllys da, bod ewyllys da Jac yn treio'n gyflym a'i fod wedi cael ar y mwyaf o gwmni Gweinidog ar ei aelwyd. Cododd ar ei draed, yn bum troedfedd a hanner solat, yn awgrym y dylai'r Gweinidog wneud yr un peth.

'Ddeuda i be sgin i ar fy meddwl, gan ych bod ar gychwyn o' 'ma.'

'Ia?'

'Miss Tingle sy'n swnian, fel cacwn, isio mi drio am y job o fod yn Flaenor hefo chi.'

'Blaenor?'

'Diawl, hi ddeudodd bod chi am neud rhai newydd cyn Dolig.'

'Wel, ma'na fwriad i ddewis rhagor o Flaenoriaid, oes.'

'A Miss Tingle yn meddwl basa job felly, tawn i'n digwydd 'i cha'l hi felly, yn dop-lein imi. Yn rwbath imi drio nelu ato fo. Fasach chi, os gwelwch chi'n dda, yn rhoi f'enw i ar y list. Tasa ond o barch i Mam, yr hen dlawd. Dau beth fydda'n dŵad â gwrid i wynab Mam, emynau Cymraeg a sŵn band.'

Teimlodd y Gweinidog ei waed yn fferru. Barn pobl y goets fawr oedd mai tu cefn i'r cwt lle ymarferai'r band hwnnw y cenhedlwyd Jac. Yna, ciciodd ei hun am hel meddyliau mor anystyriol a di-chwaeth. Ceisiodd egluro i Jac sut roedd y cyfundrefn yn gweithio a chodi bwganod yr un pryd rhag iddo gael ei siomi'n nes ymlaen. 'Yn un peth yn y Capal Sinc, ar yr Harbwr 'ma, ma'ch cerdyn aelodaeth chi, Jac. Wel, os ydio'n dal yno o hyd.'

'Fedrwch chi ddim rhoi transffyr imi i'r capal mawr 'ta?' apeliodd hwnnw a mymryn o daerni yn ei lygaid.

'Wel mi fasa rhaid dŵad o hyd i'r cerdyn i ddechrau a chyfri, wedyn, faint o stampiau sy arno fo – os oes yna rai o gwbl. Ond mi drycha i be sy'n bosib i' neud,' ond gwybod, yr un pryd, nad oedd hi'n bosib gwneud yr amhosibl yn bosibl.

'Diolch yn fawr iawn ichi, yn fawr iawn hefyd. Mi dria innau fynd rownd i hel pleidleisiau, a ballu.'

Pan soniodd y Gweinidog y byddai hi'n angenrheidiol i bob Blaenor newydd fod wedi sicrhau dwy ran o dair o'r pleidleisiau cyn medru cael ei ethol, dechreuodd ffurfafen Jac Black dduo. Ond gwyddai fod gan bawb ei bris. Cerddodd yn ddigon penisel at rewgist, hynod o fechan, ac un a osodwyd yn llawer rhy agos at y lle tân, ei hagor a thynnu darn o bysgodyn allan; un digon anghynnes yr olwg a fawr ddim amdano.

Lluchiodd Jac y darn pysgodyn ar y bwrdd, o dan drwyn y Gweinidog, 'Ro'n i wedi meddwl anfon hwn atoch chi, yn bresant, yn nes at y bleidlais – wrth bod hi'n Ddolig. Tamad o siwin ydi o.'

'Wel . . . m . . . diolch ichi .'

'Ond waeth i chi fynd â fo hefo chi rŵan ddim. Mae o'n dipyn o oed fel ag y ma' hi.'

Wedi mymryn rhagor o wag siarad, aeth y Gweinidog allan drwy'r un drws ag y daeth i mewn a mordwyo'i ffordd ar draws y llain concrit yn cario darn o bysgodyn gwlyb rhwng ei ddwylo.

Wedi iddo dynnu'r ddôr o'i ôl clywodd Jac yn gweiddi arno o'r dyfnder islaw, 'A deudwch wrth ych Musus, taswn i'n digwydd colli'r fôt, y ceith hi gadw'r sgodyn yr un fath.'

'Diolch i chi.'

'A pheth arall.'

'Ia?'

'Os byddwch chi, fel teulu, isio danfon rwbath i mi, yma bydda i dros y Dolig.'

* * *

Doedd Gweinidog Capel y Cei ddim wedi credu mewn Siôn Corn er ei flwyddyn gyntaf yn yr ysgol uwchradd, er y byddai Ceinwen yn dadlau, weithiau, ei fod o'n dal i gredu hynny i fyny i ddyddiau coleg. Ond y Dolig hwn bu bron i'w gred gael ei hadfer.

Un canol dydd, roedd y ddau'n yfed paned wedi cinio ac yn gwylio defaid Llawr Dyrnu ar y llechwedd tu draw i'w gardd gefn yn crafu am damaid ar borfa ddigon llwm. Gwartheg godro oedd ffon bara Meri a Dwalad Morris, fel eu mab, ond hobi Dwalad oedd dwsin i ddeunaw o ddefaid penfrith a ddangosai mewn ambell i sioe. Gwylio'r rheini roedd y Gweinidog a'i wraig. Fu dim defaid dofach erioed. Amryw ohonyn nhw'n mynd i bocedi Dwalad i chwilio am ffid ac yn begio'n gyson am y mân bethau a luchiai Ceinwen dros glawdd yr ardd.

Yn sydyn, cododd y maharen ei ben a'i gwadnu hi am ben ucha'r cae, a'r gweddill yn tuthio i'w ganlyn, a chlywodd Eilir a Ceinwen sŵn grwnan uchel. Yr eiliad nesaf roedd awyren microleit yn hofran yn benfeddw uwchben y cae porfa, fel gwas neidr uwchben pwll o ddŵr, cyn bowndio i stop hanner canllath neu lai o glawdd yr ardd. Neidiodd y ddau ar eu traed.

'Argol! Fred Phillips,' meddai Ceinwen wedi cael braw.

Camodd y peilot allan o'r cocpit mewn siwt goch a barf wen at ei fogel. 'Nid Fred ydi hwn,' atebodd ei gŵr. 'Drycha ar 'i locsyn o.'

Dyna'r foment y gwawriodd y peth ar y ddau. 'Ond, Eil, Siôn Corn 'di hwn.'

'Ond dwyt ti ddim yn credu mewn Siôn Corn, Cein.'

'Doeddwn i ddim. Dan ddau funud yn ôl.'

Wedi cael ei draed ar y ddaear, plygodd y Santa i mewn i'r awyren a chodi clamp o sach a'i lluchio dros ei ysgwydd. Dechreuodd gerdded i'w cyfeiriad.

'Ac eto mae o'n cerddad yr un sbit â Fred,' meddai'r Gweinidog.

Wedi cerdded at glawdd yr ardd gollyngodd Santa ei faich a dechrau gwneud y sŵn chwerthin disgwyliedig, 'Ho, ho, ho!'

'A'r un fath i chithau,' atebodd Ceinwen.

'Tholig thawen ych thau,' ebe'r peilot yn ceisio siarad drwy ormodedd lawer o wadin a weithredai fel barf iddo .

'Dolig llawen iawn i chithau, Santa,' ebe'r Gweinidog yn ceisio mynd i ysbryd y peth, 'er na wn i pwy ar y ddaear ydach chi, chwaith.'

Dyna'r foment y tynnodd Siôn Corn ei farf a lluchio'r gorchudd pen yn ôl dros ei war. 'Sudach chi'ch dau?'

'Fred Phillips, chi sy'na?'

'Ia, Musus Thomas. Pwy oeddach chi'n feddwl oedd yna?'

'Siôn Corn 'te.'

'Rhaid ichi faddau i mi, ond fedra i ddim oedi llawar hefo chi.'

'Wrth gwrs. 'Gynnoch chi lawar o gartrefi i alw heibio iddyn nhw a hithau'n tynnu at y Nadolig fel hyn,' ychwanegodd y Gweinidog, yn amcanu at fod yn ddigri.

Ond welodd Fred mo'r digrifwch, 'Dach chi'n deud y gwir, Mistyr Thomas bach. Aelodau'r capal yn gynta ac yn fwya arbennig, wrth gwrs. Ond y drwg ydi na fedrwch chi ddim landio yng ngardd pawb o'r aelodau.' (O weld hyd yr adenydd rhyfeddai'r Gweinidog ei bod hi'n bosibl i lanio'r anghenfil yng ngardd neb.) 'Hawdd iawn ydi landio ar goed rhosod ne' falu tŷ gwydr rhywun.' Tyrchodd i mewn i'r sach a thynnu allan glamp o bwdin Dolig, 'Ffrîd 'cw, Musus Phillips felly, a finnau, yn rhoi hwn i chi, yn bresant Dolig.'

'Diolch yn fawr iawn i chi'ch dau,' atebodd Ceinwen, yn ffals braidd, gan gydio yn y pwdin.

'Ia, diolch yn fawr. Dwn i ddim i be ma' isio i chi fynd i'r fath draffarth hefo ni. A dŵad â fo hefo eroplen a phob dim, a thanwydd mor ddrud?'

'Meddwl baswn i'n rhoi sypreis i chi'ch dau ro'n i wrth bod hi'n Ddolig.'

Wedi cychwyn am y peiriant trodd Fred yn ei ôl i roi'r wir neges, 'Mi fydd yna ddewis Blaenoriaid, yn bydd?'

'Dyna'r bwriad, fel y gwyddoch chi,' atebodd y Gweinidog.

'Ac mi fydd yn bosib fotio drwy'r post?'

'Y . . . na,' ac ateb yn bendant am unwaith.

'Biti,' meddai Fred yn amlwg siomedig. ''Mrawd fenga, hwnnw sy'n byw yn Ellsmere Port, oedd wedi meddwl fotio drosta i. Dyna fo, mi fedar pawb arall o'r teulu ddŵad yno ar y dwrnod, ma'n debyg.'

Ar hynny clywyd ergyd gwn, ac yna un arall. Dechreuodd Santa redeg am ei awyren, fel petai hi'n ddyddiau'r Ail Ryfel Byd, a phenderfynodd Ceinwen ac Eilir gilio yn ôl i'r tŷ am ddiogelwch.

Serch dwy ergyd arall, llwyddodd Fred Phillips i gael yr awyren i danio, ei chodi'n simsan i'r awyr a'i llywio'n feddw braidd i gyfeiriad ochr arall y dref.

'Yli pwy sy'n tanio, Cein,' ebe'i gŵr yn craffu drwy ffenest y gegin ar Dwalad, draw ar y buarth, yn dal i danio a'i wn â'i ffroen i'r awyr.

'Wel, tawn i'n llwgu.'

Un o gasbethau Dwalad oedd rhai'n tresbasu ar ei dir, yn arbennig felly'r cae lle roedd y defaid. Roedd yna sôn i un o gerddwyr Cymdeithas Edward Llwyd, ar ôl croesi'r cae hwnnw drwy gamgymeriad, fod yn yr ysbyty lleol yn cael tynnu plwm o'i ben-ôl. Ond coel gwrach oedd y stori honno, mae'n fwy na thebyg.

'Finnau wedi meddwl,' meddai Ceinwen, a'r ddau yn ôl wrth y bwrdd erbyn hyn hefo paned ffres, ''i bod hi'n anodd ca'l Blaenoriaid y dyddiau yma.'

'Mae hi.'

'Ia?'

'Ym mhob man. Ond ym Mhorth yr Aur!'

* * *

Eisteddai'r Gweinidog a John James, o gwmni *James James, James John James a'i Fab,* yn wynebu'i gilydd ar draws y ddesg fahogani; y cyfreithiwr yn clertian yn ôl yn ei gadair ledr ac Eilir yn eistedd ar un blastig, ddi-freichiau a hynod o anghyfforddus. Yn ôl ei arfer, roedd John James wedi holi ddwywaith yn olynol 'Sut mae Musus Thomas gynnoch chi?' ac wedi gofyn am gael ei gofio ati, 'yn gynnas ryfeddol' – ddwywaith os nad tair. Hyd yn hyn, doedd o ddim wedi ychwanegu, fel y gwnâi'n arferol, ei bod hi'n 'cadw'i siâp yn rhyfeddol' ac aeth y Gweinidog i ofni'r gwaethaf am ei wraig.

I ddechrau, doedd gan Eilir yr un syniad pam y'i galwyd i'r swyddfa. Ei unig gysur oedd nad oedd John James, hyd yn hyn, wedi tynnu'r berwr wyau gwyddau allan o'i ddrôr. I gael pethau i gychwyn troi penderfynodd y Gweinidog agor y drafodaeth ei hun, 'Mi ddois i yma, Mistyr James, mor fuan ag y medrwn i. Wel, cyn gyntad ag roedd y fan bysgod wedi galw heibio inni.'

'Mi rydw i'n rhyfeddol o ddiolchgar i chi, Mistyr Thomas', ebe John James yn y llais sŵn cacwn mewn potel sôs. 'Yn ffodus ryfeddol i mi, roedd Mistyr Owen C. Rowlands yn cychwyn ar 'i rownd foreol yn blygeiniol heddiw'r bore ac mi aeth â fy nodyn i i'w ganlyn, ac felly arbed stamp imi.'

'Wel do,' atebodd y Gweinidog yn fflat, yn teimlo mai Now Cabaits, yn fwy na neb arall, oedd yn gyfrifol am argyfwng y Swyddfa Bost.

'Gyda llaw, o gyfeirio at Mistyr Owen C. Rowlands, dyna i chi ŵr a fyddai'n gwneud Blaenor delfrydol inni yng Nghapal y Cei. Ac, yn ychwanegol at hynny, mae gynno fo bysgod ardderchog. Yn arbennig felly yr hadog melyn.'

Nodiodd y Gweinidog ei ben i gytuno. Wel, cyn belled ag roedd yr 'hadog melyn' yn y cwestiwn.

Toc, ymsythodd John James yn ei gadair a dechrau gloywi, 'Het Clerc y Cyngor Tref sy'n peri fy mod wedi gofyn i chi alw i fy ngweld i, Mistyr Thomas.'

'Deudwch chi.'

Cydiodd John James mewn bwndel o bapurau, sychion iawn yr olwg, 'Mi rydach chi, Mistyr Thomas, yn gyfarwydd â Deddf 1995 parthed yr amgylchedd?'

'Dim ond fel enw.'

'Wel, mae hi'n Ddeddf fanwl iawn ac yn un wrth gwrs, o'i thorri, a all olygu carchar.' Yna newidiodd ei dôn a swnio fymryn yn fwy cyfeillgar, 'Wrth gwrs, cadw rhai rhag gorfod mynd i le felly ydi gwaith dyn fel fi. Wel, fel chithau o ran hynny.' Daeth cnoc ar ddrws y swyddfa. 'M . . . dowch i mewn.'

Cerddodd Hilda Phillips i mewn fel chwarter lleuad, yn ei chwman, yn cario cwpan a soser o'i blaen. 'Ych coffi chi, Mistyr John James,' meddai'n grynedig.

'Diolch i chi, Miss Phillips.'

'Diolch, Mistyr James.' Ac aeth Hilda allan, i gychwyn unwaith eto ar ei thaith hir ar hyd y lloriau pren, moelion, a arweiniai at y cyntedd.

Taflodd Eilir gip i gyfeiriad y coffi a fygai'n ddeniadol ar ddesg y cyfreithiwr a'i flysio braidd. Daliodd John James ar hynny. 'Mi wn i, Mistyr Thomas, oherwydd eich boneddigeiddrwydd rhyfeddol, mai wedi gwrthod coffi basach chi, taswn i wedi digwydd cynnig un ichi. Ac mi rydw innau, oherwydd costau byw ychwanegol, dan orfod i gynilo rhyw gymaint.'

'Yn naturiol.'

Aeth John James ati i sipian ei goffi'n hamddenol, yn amlwg yn mwynhau pob diferyn, 'Bydda, Mistyr Thomas, mi fydda i'n mwynhau fy nghoffi boreol yn fawr iawn, yn rhyfeddol felly a deud y gwir. Yn llawn mwy na'r cinio fydda i'n gael yn nes ymlaen.'

Wedi yfed ei goffi'n araf, fesul sipied, aeth John James ati i egluro oblygiadau'r Ddeddf y cyfeiriodd ati. Roedd cael gwared ar ysbwriel a chadw destlusrwydd yn un o'r gofynion, a'r Gweinidog, druan, yn mynd i fwy o dywyllwch gyda phob brawddeg.

Cyn hir cafodd ddigon. 'Ond, Mistyr James, be sy a wnelo fi â hyn i gyd?'

Dyna'r foment yr aeth y twrnai i'r cyfrwy. 'Mistyr Thomas bach, ydach chi ddim wedi gweld yr holl bosteri sy'n anharddu'r dre yma? Dydyn nhw'n cael eu pastio ar ffenestri siopau a swyddfeydd, a heb ganiatâd. Maen nhw ar bolion lampau ac ar furiau tai preifat, ac ar barwydydd ein toiledau ni, os ca i ddeud – rhai dynion a merched, fel ei gilydd.'

'Mae'n ddrwg gin i, Mistyr James, ond dydw i ddim wedi gweld yr un postar, yn unman. Ac yn fwy na hynny, sgin i'r un obadeia at be dach chi'n cyfeirio.'

Pwysodd John James fotwn yr intyrcom cruglyd ac aros eiliad. 'Fydd rhaid i mi ddangos ichi, felly.'

'Ia, Mistyr John James?'

'Fyddwch chi, Miss Phillips, mor garedig ag estyn ffeil o'r cabinet â'r enw 'J. Black' arni? A dŵad â hi i mi, os gwelwch chi'n dda.'

'Mi fydd hynny'n blesar, Mistyr James. Ac mi ddo i â hi i chi cyn gyntad ag y medar fy nhraed blinedig fy ngharto i. A diolch i chi.'

'Diolch, Miss Phillips.'

'Diolch, Mistyr John James.'

I aros i'r trên gwds gyrraedd aeth y cyfreithiwr ymlaen i roi rhagor o lo ar y tân, 'Ac mae hi wedi cymryd dwyawr ddoe, a dwyawr echdoe, i'r Cownsil glirio'r llanast. Fy mhroblem i, yn naturiol, ydi at bwy rydw i i anfon y bil. I'r capal, 'ta atoch chi fel Gweinidog yr eglwys?'

'Bil?' holodd y Gweinidog yn dechrau chwalu.

'Wel, mi fydd raid i rywun 'i glirio fo,' atebodd y twrnai'n reit gadarn. 'Fedrwch chi ddim rhoi cost fel'na ar gefn y trethdalwr, druan, a chodi'r dreth yn gyffredinol.'

Wedi i'r trên gyrraedd, a gadael, agorodd John James y ffeil a thynnu allan faich o bosteri lliwgar, coch ar felyn yn bennaf, a'r rheini o wahanol faintioli. Roedd llun Jac Black ar bob un – yn ei jyrsi llongwr, ond heb y cap – yn wên o glust i glust fel parot wedi digwydd landio ar goconyt. Uwchben y llun, mewn llythrennau breision, roedd y frawddeg, 'Rhowch John Black yn y Sêt Fawr', ac islaw iddo'r geiriau, 'Pysgotwr Pysgod am fod yn Bysgotwr Dynion'.

Lluchiodd y twrnai'r baich posteri'n ôl ar wyneb y ffeil agored, 'Ac nid yn unig mae o wedi plastro'r dre hefo nhw. Mae o, hefyd, yn eu gwthio nhw drwy ddrysau tai pobol. A deud y gwir, mae amryw sydd wedi marw yn deud 'u bod nhw wedi derbyn rhai.'

'Ond busnas i Jac ydi hyn,' apeliodd y Gweinidog. 'Y fo, nid fi, sy'n gyfrifol.'

'Felly ro'n innau'n gobeithio, Mistyr Thomas, nes imi weld yr hyn sydd wedi'i argraffu ar waelod pob poster.'

'Be felly?'

'Mi darllena i o i chi, rhag ofn bod chi heb eich sbectol. Dyma fo, "Ar ran Capel y Cei a'r Gweinidog".'

'Y cythral iddo fo!'

Cododd John James ei law i fyny mewn dychryn. 'Mae'n rhaid ceisio cadw'r iaith yn lân, Mistyr Thomas bach, er mor anodd ydi'r amgylchiadau. Mi fedrai defnyddio iaith anweddus fod yn gyhuddiad ychwanegol . . . pan ddaw'r amser.'

'Y Miss Tingle 'na,' ac roedd y Gweinidog erbyn hyn, fel Jac, yn dechrau cymysgu'r enw, 'y Miss Pringle, felltith, hi sy tu ôl i hyn i gyd.'

'Mi adawa i'r moesoli i chi, Mistyr Thomas, os nad ydi o o wahaniaeth gynnoch chi. Arall ydi fy nyletswydd i.' Tynnodd dudalen o bapur o ddrôr y ddesg, 'Mi rydw i, ar ran y Cyngor, wedi llunio math o fil. Gewch chi fel eglwys, wrth gwrs, benderfynu pwy fydd yn talu. Cofiwch dim ond amcangyfri bras ydi o, ar hyn o bryd. Mi all fod gryn dipyn yn fwy.'

'Ond dydi peth fel hyn ddim yn deg.'

'Ond byd felly ydi o Mistyr Thomas bach,' ebe'r twrnai'n dawel, 'fel y clywis i chi'n deud ar fwy nag un achlysur.' Cododd ar ei draed a throsglwyddo'r amlen i ddwylo amharod y Gweinidog. 'Bora da i chi rŵan, Mistyr Thomas. Bora da.'

Pan oedd Eilir yn camu allan drwy ddrws y swyddfa, yn ddyn mewn sioc, clywodd John James yn gweiddi o'i ôl, 'A chofiwch fi at Musus Thomas, yn gynnas ryfeddol. A Nadolig llawen i chi fel teulu.'

*   *   *

Ifan Jones, cyhoeddwr y mis, a gafodd y cyfrifoldeb o ddarllen enwau'r Blaenoriaid a etholwyd wedi i gyfrifwyr y pleidleisiau osod y rhestr mewn trefn a gwthio tamaid o bapur i'w law a hynny ar ganol yr oedfa.

Wedi canu'r emyn olaf, cymerodd Ifan hamdden braf i dynnu cas ei sbectol o boced ei grysbais a'r gynulleidfa'n aros yn ddisgwylgar am y canlyniad. Mewn camgymeriad tynnodd y cymorth clyw allan. O'i ddal gyferbyn â meic y capel rhoddodd hwnnw wich hoelen ar sinc a merwino clustiau pawb.

'*Farmer* Jones, cariad, *how could you?*' sibrydodd Cecil, ond yn glywadwy i bawb. 'Rhowch y *thing-me-jig* yn ôl yn ych pocad, *for heaven's sake*'.

Ar yr ail gynnig, cafodd Ifan hyd i'w sbectol, a'i gwisgo. Tynnodd damaid o bapur allan o'i boced a dechrau darllen, 'Un dorth wen, jar o bicls, dau nionyn . . .'

'*Silly billy*, Ifan Jones!'

Sylweddolodd yr hen ŵr ei gamgymeriad, tyrchodd eilwaith i'r un boced a thynnu allan damaid arall o bapur a hwnnw'r un mor dreuliedig yr olwg. Am ryw reswm dechreuodd ddarllen o'r gwaelod at i fyny, 'John Black, dim; Frederick Phillips, dwy; Morris Thomas . . .'

Neidiodd y Gweinidog i'w fraich a'i atal, rhag ofn gweld rhagor o achosion llys. O'r diwedd, cafodd yr hen law afael ar bethau a datgan, yn nhermau ffarmwr, mai dim ond dau a etholwyd – 'un gwrw' ac 'un fanw'. 'Ydynt,' meddai Ifan, 'yn nhrefn yr wyddor: Miss Betina Pringle, 3 Llanw'r Môr a Mistyr Owen C. Rowlands, Glanfa,' ac ychwanegu'n ddiangenrhaid, 'Now Cabaits, fel y byddwn ni, sy'n prynu pysgod gynno fo, yn cyfeiro ato fo.'

Wedi gwrando ar y canlyniad annisgwyl dechreuodd y

gynulleidfa ystwyrian; Fred a Freda Phillips yn casglu'u heiddo ynghyd – un *Caneuon Ffydd*, un amlen casgliad mis a dwy gôt law – ac amryw, a eisteddai'n nes i'r cefn, yn troi neu'n ymestyn i longyfarch Owen C. Rowlands ar ei ddyrchafiad ac yn dal ar y cyfle i roi archeb am bysgod iddo'r un pryd.

At ei gilydd, colled a fu'r dewis Blaenoriaid yng Nghapel y Cei. Cafodd Fred Phillips golled ddeublyg. Nid yn unig colli'r bleidlais, ond penderfynodd y Cyngor Tref gwrdd â chostau'r dadbosteru o'r 'gronfa slotian' ym Mharlwr y Maer a sychu'r ffynnon honno. Yr unig rai i droi'r golled yn elw oedd ffrindiau Jac Black yn y 'Fleece', a fetiodd mai siawns un mewn miliwn oedd y byddai Jac yn Flaenor. Ond doedd bet felly ddim yn gambl.

CYFRES CARREG BOETH
Pregethwr Mewn Het Person
Hufen a Moch Bach
Buwch a Ffansi Mul
Babi a Mwnci Pric
Dail Te a Motolwynion
Ffydd a Ffeiar-Brigêd

CYFRES PORTH YR AUR
Cit-Cat a Gwin Riwbob
Bwci a Bedydd
Howarth a Jac Black
Shamus Mulligan a'r Parot
Eiramango a'r Tebot Pinc
Miss Pringle a'r Tatŵ
Er Budd Babis Ballybunion